어떤 일이 일어난다 해도 괜찮아

정태성 수필집

머리말

 살아가다보면 정말 많은 일들이 일어납니다. 즐겁고 행복한 일도 있지만 힘들고 어려운 일들도 많습니다. 아쉽고 미련이 남는 것도 있지만, 홀가분하고 후련한 것도 있습니다.

 언젠가부터 나에게 일어나는 일들로부터 자유로워지고 싶었습니다. 변하지 않는 사실은 어떠한 일이 일어나건 살아가야 하는 것이 인생이기 때문입니다.

 이제는 어떠한 일이 일어나도 두려워하거나 힘들어하지 않으려 합니다. 단지 내가 살아갈 수 있는 시간이 주어진 것만 해도 어쩌면 축복이라는 생각이 들기 때문입니다.

 어떠한 일이 일어나도 괜찮다는 마음으로 오늘을 살아내고 있습니다. 이제는 아무리 힘들고 고통스럽고 괴롭고 어려운 일이 나에게 닥쳐도 상관하지 않습니다. 그저 오늘이 나에게 주어졌으니 내가 할 수 있는 일만 하려고 합니다.

2024. 6.

저자

차례

1. 그래도 괜찮아

한 번밖에 주어지지 않는 소중한 삶이라는 것을 잘 알지만 삶은 살아내기가 쉽지는 않은 것 같다. 삶은 오로지 나의 생각과 노력만으로 되지 않기 때문이다. 인간은 완벽하지 않기에 온전한 삶을 살아간다는 것은 처음부터 불가능한 것인지도 모른다.

최선이라 생각하고 선택하는 길도 생각지 않은 일들로 인해 제대로 걸어가지 못하는 경우도 많다. 아무리 노력을 해도 되지 않는 것들이 있고, 이길래야 이길 수 없는 것도 많다. 원하고 바라는 것들이 있지만, 그러한 것들이 전부 주어지지는 않는다.

생각해 보면 내가 바라는 것이 전부가 아닐지도 모른다. 당시에는 그것이 이루어지면 정말 좋을 것이라 생각했지만, 시간이 지나 오히려 그러한 것들이 삶을 무겁게 누르기도 한다. 삶은 그래서 아무리 오래 살아도 알 수가 없는 듯하다.

바닷가에 앉아 파도를 보면 우리의 삶도 그것과 비슷하다는 생각이 든다. 계속해서 끝없이 밀려오는 파도처럼 우리의 삶에는 수많은 일들이 일어나고 있다. 그러한 파도를 다 겪을 수밖에 없는 것이 우리의 인생이 아닐까 싶다. 내가 원하지 않는다고 해서 파도가 밀려오지 않는 것이 아니다. 파도는 그냥 그렇게 계속해서 밀려올 뿐이다.

파도가 밀려오면 바닷가 모래밭에 흔적이 남듯 우리의 인생에도 밀려오는 파도로 인해 흔적이 남을 수밖에 없다. 수많은 일들을 겪으며 수많은 사람들을 만나게 된다. 태어나 만나는 수많은 인연들이 기쁨도 주지만 상처도 주며 그렇게 스쳐 지나가기도 한다. 누군가를 만나 기쁘고 행복하지만, 믿었던 사람에게 배신을 당하기도 하고, 친했던 사람과 갑자기 소원해지기도 한다.

삶이 우리에게 주는 많은 흔적과 상처가 있기는 하지만 그래도 삶을 사랑해야 하지 않을까 싶다. 한 번밖에 주어지지 않기에, 이 세상에 다시는 오지 못하기에, 진심으로 사랑해야 하지 않을까 싶다.

원하는 것을 다 하지 못해도 괜찮다. 바라는 것들이 이루어지지 않아도 괜찮다. 목표로 했던 일들을 성취하지 못해도 괜찮다. 많은 인연들로 인해 남겨지는 상처가 크더라도 괜찮다. 그래도 살아있었기에 할 수 있는 일들이 있고, 바라는 것들도 있고, 소망하는 것도 있고, 소중하고 진심으로 사랑하는 인연도 있기 때문이다.

삶을 살아낸다는 것이 쉽지는 않지만 그래도 괜찮다고 생각하려고 한다. 이제 겨울이 지나고 있다. 이 겨울이 무사히 지나간 것만으로도 더 바랄 것이 없다는 생각이다.

〈두렵지 않아〉

세상에서 멀어지고 있을 때
보이지 않았던 것들이 보였다

나는 변함이 없지만
변할 수밖에 없을 것임을
세상은 그대로이지만
이제는 다른 세상임을
그것은 말하고 있었다

돌이킬 수도
돌아갈 수도 없지만
그것으로 충분하다고
위안을 삼지는 않았다

이제는 잡고 있을 끈도
디딜수 있는 발판마저 없지만
그런 것을 두려워하지는 않는다

어두운 밤이지만
반짝이는 별이 있고
아무 소리 들리지 않는 적막함 속에도
생명의 숨소리는 계속되고 있었다

세상에서 멀어지고 있을 때
또 다른 나를 만날 수 있기에
더 큰 세상이 있음을 알 수 있기에

이제는 그 어떤 것도
두려워하지 않는다

2. 영혼은 새가 되어

　살아가다 보면 육체적으로나 정신적으로 커다란 일을 경험하게 되면서 우리의 인생은 크게 꺾여질 수도 있다. 위기의 순간, 나에게 가장 소중했던 것을 잃기도 하며, 감당하지 못할 삶의 무게가 짓누르기도 한다. 좌절과 고통이라는 어둠 속에 갇히기도 하고, 지나온 길에 대한 회의로 인해 가던 길을 잃어버려 어디로 가야 할지 알 수 없게 되기도 한다.

　시간이 꽤나 흘렀지만, 운이 나빴다면 나는 아마 교통사고로 인해 이 세상에 존재하지 못했을 것이다. 눈앞에서 경험한 죽음이라는 체험은 삶의 유한성을 뼈저리게 느끼게 해주었다. 나는 살았고 내가 타고 가던 자동차는 죽었다. 고칠 수가 없을 정도로 부서져서 폐차를 시킬 수밖에 없었다. 그 사고를 옆에서 지켜본 사람은 평생 쓸 운을 다 쓴 것 같다고 말하기도 했다.

　평상시 가던 지름길이었지만, 그 이후로 그 길을 지나갈 수가 없었다. 사고 난 지점에 가까워지면 나도 모르게 심장이 벌렁거려 운전대를 잡을 수 없었고 결국 우회하여 다른 길로 가야만 했다. 사고 후 트라우마는 생각했던 것보다 커서 결국 이제까지 그 사고 지점을 가보지 못했다. 삶과 죽음이란 종이 한 장 차이이며, 살아가는 그 어떤 순간에도 죽음이 언제 어디서 다가올지 알 수는 없다.

소중한 사람을 잃거나 잃을 위기에 처하는 경우에도 커다란 절망에 빠지게 된다. 더 이상의 희망이 없다고 느끼는 순간, 삶의 허무가 덮치게 된다. 살아온 시간의 무의미함과 살아가야 할 이유마저 잃게 되면서 삶은 크게 꺾여질 수밖에 없다. 언제든지 옆에 있을 것이라 생각하지만, 인생은 우리를 그렇게 내버려 두지는 않는다.

나에게 다가온 것이 언젠가는 떠나게 되며, 원래 내 것이 아니었다는 사실을 알기는 하지만, 그래도 오래도록 함께해 주기를 바라는 소원마저 이루어지지 않을 때, 삶의 의욕마저 잃게 되기도 한다. 어쩌면 그것이 당연한 것임에도 불구하고 내면의 나는 그것을 받아들이지 못한 채, 홀로 삶의 길목에 선 채 눈물을 흘리지 않을 수 없게 된다.

인생이 꺾여지는 순간, 삶에 대해 배우기도 한다. 지금 가지고 있는 것이 얼마나 소중한 것인지, 나에게 주어진 것들이 얼마나 중요한 것인지 알게 되기도 한다. 그로 인해 인생에 대해 겸손하게 되고, 삶의 진정한 의미에 깨닫게 되기도 한다. 하지만 그전에 그러한 것들을 알았다면 얼마나 좋았을까 하는 후회와 함께 회한에 빠지기도 한다.

지나간 것들은 돌이킬 수가 없기에 삶은 더욱 아픈 것인지도 모른다. 한 번밖에 주어지지 않는 인생이기에 주어지는 삶을 받아들일 수밖에 없다. 몇 번 꺾여지건 그 운명을 어찌할 수가 없다. 꺾여지는 삶의 과정에서 그나마 내 옆에 남아 있는 것들을 위해 살아갈 뿐이다. 그것이 어쩌면 살아가야할 이유의 전부일지도 모른다.

〈영혼은 새가 되어〉

멀리서나마 보이던 것이 이제는 보이지 않습니다

아무 말 없이 떠나가 버린 것인지
그 흔적조차 찾을 수가 없었습니다

그리움은 아무 소용이 없다는 것을
예전에는 미처 알지 못했습니다

이제는 돌아오지 않을 존재를
아무리 생각하고 기다린다 할지라도
하얀 눈이 녹아 사라진 것처럼

다시는 나타나지 않을 것입니다

어쩔 수 없음을 알면서도
아름다웠던 그 시간 속으로
또 다시 침잠하는 나의 영혼에겐
앞으로 남아있는 시간마저 위로가 되지 못합니다

떠나간 것을 찾아 길을 나서도
아무런 소용이 없음을 잘 알기에
붉은 석양의 끝으로 날아가는 새의 무리를
물끄러미 바라만 보고 있을 뿐입니다

나에게 부여된 모든 것은
유한할 뿐이기에 소중한 것인지 모릅니다

그것을 잡고자 하는 나의 의지가
아무리 강하다 할지라도
그저 꿈에 불과하다는 것을 너무나 잘 압니다

나의 영혼은 이제 새가 되어
바람에 몸을 맡겨야 할 듯합니다

아무 것도 하지 않은 채

그렇게 모든 것을 내맡긴 채
또 다른 시간 속으로 흘러갈 뿐입니다

3. 인생을 모두 이해할 필요는 없다

<You don' t have to understand life>

Rainer Maria Rilke

You don' t have to understand life
then it will become just like a feast
Lest everyday just happen to you
like every child in moving along
from every blow
is given many flowers
Collecting and saving them
never enters the child' s mind
It gently unties them from its hair
where they were kept trapped with such delight
and to the living youthful years

it reaches out for new ones

〈인생을 꼭 이해할 필요는 없다〉

라이너 마리아 릴케

인생을 꼭 이해할 필요는 없다
하루하루를 그저 일어나는 대로 두면
인생은 축제가 될 테니까
길을 걸어가는 어린아이가
바람이 불 때마다 날아드는
꽃잎들을 받아들이듯
아이는 꽃잎을 주워
모아둘 생각 같은 건 하지 않는다
머리카락 속으로 기꺼이 날아 들어온
꽃잎들을 살며시 털어내고
젊은 사랑의 시절을 향해
새로운 꽃잎을 달라고 손을 뻗는다

인생을 완벽하게 알아야 행복하게 살 수 있는 것은 아니다. 삶을 완전히 안다는 것은 불가능하다. 인생을 모두 이해하지 못한다 해도 지금 내가 아는 것만으로도 평안한 마음으로 행복하게 살아갈 수 있다.

타인을 완벽하게 이해하지 못해도 상관없다. 그 사람을 잘 알지 못한다고 하더라도 좋은 관계를 유지하며 더불어 행복하게 지낼 수 있다.

어떤 일이 나에게 일어나도 나는 오늘을 아무런 문제 없이 보낼 수 있다. 그것이 아무리 파도처럼 나를 덮친다고 하더라도 그 파도에 휩쓸려 가지 않을 수 있다.

누군가가 나를 힘들게 하더라도 그것에 상관없이 자유롭게 오늘 하루를 보낼 수 있다. 나는 그에 의해 좌우되는 삶을 사는 것이 아니라 나 스스로의 삶을 살아가면 된다.

나의 욕심과 나의 목적이 오히려 나 자신을 힘들게 하는지도 모른다. 내가 이루고자 하는 것을 이루지 못한다 하더라도, 마음에 두고 있었던 것들이 나에게 일어나지 않더라도, 내가 원하지 않는 일이 나에게 다가오더라도, 그것과 상관없이 오늘을 축제처럼 살아가야 한다. 그것은 오직 나에게 달려 있을 뿐이다.

인생을 모두 이해할 필요는 없다. 지금 내가 아는 것만으로도 충분하다. 그것만으로도 나는 오늘 하루를 즐겁고 행복하게 살아가고도 남는다. 오늘이 주어진 것만으로도 삶의 주인이 되기에 충분하다.

4. 주머니 속의 조약돌

영화 〈래빗홀〉에서 니콜 키드먼은 사고로 인해 그녀의 4살짜리 아들을 잃는다. 헤어날 수 없는 깊은 슬픔에 빠진 그녀는 살아가는 것이 너무나 힘에 겨웠다. 그녀의 어머니 또한 10여 년 전 아들을 하늘나라로 보내야 했다. 니콜 키드먼이 어느 날 그녀의 어머니에게 묻는다. 어떻게 10년 넘는 세월을 견디며 살아올 수 있었느냐고. 그녀의 어머니는 니콜 키드먼에게 이렇게 답한다.

"글쎄, 무게의 문제인 것 같아. 언제부턴가 견딜 만해져. 결국은 주머니에 넣고 다닐 수 있는 조약돌처럼 작아지지. 때로는 잊어버리기도 해. 하지만 문득 생각나 손을 넣어보면 만져지는 거야. 끔찍할 수도 있지. 하지만 늘 그런 건 아냐. 그건 뭐랄까…. 아들 대신 너에게 주어진 무엇. 그냥 평생 가슴에 품고 가야 할 것. 그래, 절대 사라지지 않아. 그렇지만…. 또 괜찮아."

소중한 것을 잃는 것만큼 아픈 것은 없다. 내가 진정 사랑했던 것, 나의 마음속 깊이 머물렀었던 것이라면 그 아픔의 크기는 더욱 클 수밖에 없다. 그 어떤 것으로도 대체할 수 없기에 삶의 끝에 다다른 것과 마찬가지일 수 있다. 만약 그것이 다시는 내게 돌아오지 않는 것이라면 희망마저 사라진 것과 마찬가지이다. 아무리 간절히 소원하더라도 그 소원은 이루어질 수가 없다.

살아가면서 그러한 일이 일어나지 않기를 바라지만 삶은 우리에게 그리 너그러운 것이 아니다. 누구에게나 그러한 일은 일어날 수 있고, 그 커다란 아픔과 상처를 끌어안은 채 살아갈 수밖에 없다.

시간이 아무리 흘러도 그 상처는 영원히 치유되지 않는다. 바람이 나의 얼굴을 스치면 그 상처가 생각이 나고, 어두운 밤하늘을 쳐다볼 때면 불현듯 아름다웠던 그 순간들이 떠오르곤 한다.

평생 마음속에 남아 영원히 잊지 못하는 존재, 이제는 주머니 속에 남겨진 조약돌 같지만, 영원히 그 조약돌은 나의 주머니 속에 남아있을 것이다.

생각이 날 때마다, 아니 아무런 생각도 없이, 주머니 속에 손을 넣어 그 조약돌을 만질 때마다 아름다웠던 그 순간이 생각날 수밖에는 없다.

살아남은 사람은 살아갈 수밖에 없기에 오늘도 해야 할 일을 하면 살아가고 있지만, 주머니 속의 조약돌은 언제나 나와 함께 있어 수시로 주머니 속에 넣어 손으로 그 조약돌을 만져보곤 한다.

가끔은 주머니 속에 손을 넣어 그 조약돌을 꺼내 보기도 한다. 할 수 있는 것은 하나도 없어 그저 한없이 바라만 볼 수밖에 없다. 아마 삶은 이러한 어쩔 수 없음으로 이루어진 것인지도 모른다.

5. 선운사에서

〈선운사에서〉

최영미

꽃이
피는 건 힘들어도
지는 건 잠깐이더군
골고루 쳐다볼 틈 없이
님 한 번 생각할 틈 없이
아주 잠깐이더군

그대가 처음
내 속에 피어날 때처럼
잊는 건 또한 그렇게
순간이면 좋겠네

멀리서 웃는 그대여
산 넘어가는 그대여

꽃이
지는 건 쉬워도
잊는 건 한참이더군
영영 한참이더군

　만남은 헤어짐을 뜻한다. 헤어지지 않는 만남은 존재하지
않는다. 만남이 기쁜 건 사실이지만 언젠가 헤어짐을 준비해
야 한다. 헤어질 줄 모르기에 마냥 기뻐할 수는 있지만, 헤
어짐에 대한 준비 없음에 더 아플 뿐이다.

　사랑이 단순한 감정일 뿐이라면 영원하지 않다. 어느 정도
그 시간이 될지는 아무도 모른다. 감정은 그리 오래가지 않
는다. 모든 것이 변하듯이 감정 또한 시간의 흐름에 따라 점
점 변할 수밖에 없다.

　사랑보다 더 중요한 것이 믿음이다. 자신의 입장에서 모든
것을 판단한다면 믿음이 생길 수조차 없다. 믿음에는 이해도
필요 없다. 그냥 믿음 그 자체로 만족해야 한다.

　사랑은 힘들다. 나보다 그 사람을 더 생각해야 하고, 나의
존재보다 그 사람의 존재가 우선되어야 하기 때문이다. 많은

것을 양보하고, 있는 그대로 받아들여야 한다. 나의 생각이나 나의 주장은 절제해야 한다. 그저 옆에 있은 것만으로도 만족할 준비가 되어 있어야 한다.

나의 이익을 생각하고, 나의 주장을 관철시키려 하고, 나를 위해 그 사람이 무언가를 해주어야 하고, 나의 기대대로 그 사람이 맞추어 주어야 하고, 나의 존재를 위해 그 사람이 있어야 한다면 그것은 스쳐 지나가는 따스한 바람일 뿐이다. 그 바람은 나도 모르는 사이에 다 지나가 버리고 만다. 절대 다시 돌아오지 않는다.

인연이란 만남과 헤어짐 모두이겠지만, 사랑은 그저 받아들임이다. 나를 스스로 비워 나의 존재조차 어디에 있는지 모른 채로 그 비어 있는 곳에 그냥 받아들이는 것으로 족하다.

그렇게 하더라도 내가 원하지 않는데도 불구하고 언젠간 떠나간다. 그 허전함이 오래가기는 하겠지만, 그마저 받아들여야 한다. 사랑은 그 모든 것의 온전한 받아들임이다.

6. 새벽이 가까워지고

　이성이 필요한 이유는 보다 나은 삶을 위함이다. 살아가다 보면 내가 원하지 않는 일이 일어나기도 하고, 불행한 일이 나에게 닥치기도 한다. 시간이 흘러가는 것이 자연스러운 것처럼, 삶의 굴곡이 있는 것 또한 자연스러운 것이다. 삶은 꽃길로만 이루어지지 않는다. 자갈길도 있고, 가시밭길도 있으며, 황량한 사막과, 올라가기에 벅찬 산길도 있다.

　자연스러운 것은 받아들일 수밖에 없다. 나의 영역이 아닌 것도 있고, 능력 밖인 것도 있다. 우리가 원하는 것, 꿈꾸는 것, 하고 싶은 것을 모두 다 할 수 있는 사람은 존재하지 않는다. 내가 원하지 않는 것, 실패하는 것, 최선을 다했지만 이루어지지 않는 것, 정말 나에게 일어나지 않기를 바라는 것들이 닥쳐올 때 이성이 필요하다. 이성은 그러할 때 나 자신을 위해 사용해야 한다. 감정적으로 힘들 때, 앞이 어디인지 알 수 없을 때, 어느 길로 가야 할지 잘 모를 때 이성은 나의 마음을 고요히 하여 희미한 불빛이나마 비추어 줄 수 있다.

"눈을 뜨면 보이는데도 한 번도 눈을 뜨지 않았다면 그는 참으로 불쌍한 사람이다. 불행을 차분히 견뎌낼 이성이 주어져 있는데도 그것을 몰랐다면 더욱 불쌍한 사람이다. 이성적으로 사는 사람은 훨씬 쉽게 불행을 이겨낸다. 이성은 어떤 불행도 결국은 지나가기 마련이고 그것이 선으로 바뀌기도 한다고 우리에게 귀띔해 주기 때문이다. 그러나 사람들은 불행을 마주 보지 않고 외면하려 애쓴다. 신이 우리의 뜻에 반해 일어난 일에 괴로워하지 않을 수 있는 힘을 주었다는 것에, 우리 영혼을 오직 우리 힘 안에 있는 이성에 종속시켜주었다는 것에 감사하는 편이 낫지 않을까? 신은 우리 영혼을 우리의 부모나 형제, 재물, 육체, 죽음, 그 어느 것에도 종속시키지 않았다. 신은 우리 영혼을 우리에게 속한 유일한 것, 즉 이성에 종속시켰다. (에픽테토스)"

이성은 우리에게 닥친 불행을 이겨낼 수 있다. 감정이나 마음을 추스르지 못할 때 이성은 나의 곁에서 나를 지탱해주는 친구가 될 수 있다. 힘든 길을 걸어가느라 앞이 보이지 않을 때 이성이 우리에게 그 길을 안내해 줄 수 있다. 이곳이 고비니까 여기만 지나가면 또 다른 내일이 올 수 있다고 나에게 이야기해 준다. 지금은 사막의 한복판이니까 물을 찾기 힘들어도 조금만 있으면 물을 마실 수 있는 곳이 있고, 잠시 목을 축이고 조금만 더 가다 보면 사막이 끝난다고 이성은 말해준다.

내가 원하지 않는 일이 일어나도, 그 일이 나에게 다가오지 않기를 바라더라도 그러한 일은 나에게 일어날 수 있다. 하지만 이성은 그러한 불행이 우리를 집어삼키지는 않는다고 말해 준다. 그 일을 그냥 받아들이면, 더 좋은 일들이 나에게 다가오리라고, 밤이 깊어질수록 새벽은 가까워지고 있다는 것을 이성을 우리에게 말해주는 것이다.

7. 빠삐용

영화 〈빠삐용〉은 앙리 샤리에르가 직접 경험한 자신의 이야기를 쓴 소설을 영화화한 작품이다. 어릴 적 스티브 맥퀸과 더스틴 호프만이 주연한 이 영화를 보았을 때 너무나 인상이 깊어 지금까지도 영화의 많은 장면이 뇌리에 남아 있다.

영화에서 빠삐용(스티브 맥퀸)은 금고털이의 죄를 범하기는 했다. 하지만 그는 사람을 죽였다는 누명을 쓰고 당시 프랑스 식민지였던 기아나로 보내진다. 빠삐용은 자신의 무죄를 주장했지만, 재판부는 받아주지 않는다.

기아나로 가는 뱃속에서 위조지폐범이면서 부자였던 드가(더스틴 호프만)를 만나게 된다. 배에서 빠삐용은 드가에게 탈출을 하기 위한 돈을 받는 대신 허약했던 드가를 보호해준다는 약속을 한다. 드가는 자신의 아내가 많은 돈을 써서라도 자신을 감옥에서 꺼내줄 것이라 믿고 있었다.

징역을 살던 중, 같은 동료였던 줄로가 탈출을 하는 과정에서 교도관을 살해하는데, 그 시체를 드가와 빠삐용이 옮기는 중, 마음이 약했던 드가는 갑자기 정신적 충격을 받아 교도관의 말을 전혀 듣지 않는 상태가 되고, 이를 도우려던 빠삐용은 교도관을 돌로 때린 후 도망을 친다. 하지만 얼마 못가 빠삐용은 붙잡히게 되고, 2년간의 독방 신세를 진다.

자신을 구하기 위해 독방에 갇힌 빠삐용에 대해 고마움을 느낀 드가는 빠삐용에게 코코넛을 정기적으로 넣어주고, 이것을 먹으며 빠삐용은 독방에서 버티게 된다. 이를 알게 된 소장은 빠삐용에게 식사를 절반으로 줄이고, 모든 햇빛도 차단한 채 24시간 어두운 감방에서 지내게 만든다. 소장은 누가 코코넛을 넣어 주었는지 말을 하면 고기가 들어간 수프를 주겠다고 하지만, 빠삐용은 절대로 드가의 이름을 대지 않는다. 드가는 이 일로 빠삐용을 신뢰하게 되고, 이후 드가는 빠삐용을 위해 그가 도움을 줄 수 있는 것은 모두 도와주려고 노력한다.

독방에서 나온 빠삐용은 다시 탈옥을 감행해 바닥에 구멍이 난 배로 폭풍우를 넘어 콜롬비아의 조그만 섬에 도착한다. 그곳은 천주교 신부들과 원주민들만 살고 있었다. 신부는 빠삐용에게 신을 믿고 회개하면 죄는 사라진다고 하지만, 빠삐용은 신부의 말을 믿지 않는다. 신부의 고발로 빠삐용은 다시 붙잡혀 5년 동안의 독방에서 지내게 되고, 이후 악마의 섬이라는 곳으로 보내진다. 그 섬은 어떤 누구도 탈출을 할 수 없는 파도가 거센 바다 한복판에 있는 섬이었다.

악마의 섬에 도착해 보니 드가가 먼저 그곳에 와 있었다. 지난 탈옥으로 인해 드가는 악마의 섬에서 죽을 때까지 나오지 못하는 형을 받았다. 드가는 자신의 아내가 감옥에서 꺼내 줄 것이라 믿고 있었지만, 드가의 아내는 젊은 남자와 불륜에 빠졌고, 이후 드가의 돈을 모두 자신의 것을 만든 후 그 젊은 남자와 살게 되었다. 이러한 사실을 알게 된 드가는 모든 것을 포기한 채, 자신과 타협하여 악마의 섬에서 평생 살다가 죽을 생각으로 나름대로 집도 짓고, 조그만 농사와 가축까지 키우고 있었다.

악마의 섬은 바다 한가운데 있는 완전히 고립된 곳이었고, 사방이 모두 높은 절벽이기에 바다에 들어가려면 절벽 아래로 뛰어내리는 방법밖에 없었다. 또한 해류가 너무 자주 바뀌기에 감히 해류를 타고 악마의 섬을 벗어날 엄두를 낼 수가 없는 상황이었다.

하지만 빠삐용은 매일 해류를 관찰하며 탈옥의 계획을 세우게 된다. 해류의 규칙성을 파악한 빠삐용은 자신 나름대로의 해법을 찾아낸 후 뗏목을 만든다. 드가에게 함께 탈출하자고 하지만, 드가는 이미 자기 아내는 자기를 버렸고, 탈출을 해도 갈 데도 없으며, 탈출이 성공할 것이라는 보장도 없고, 탈출을 하다 실패를 하면 사형을 당할 수도 있을 것이라는 생각에 빠삐용과 함께 하지는 않는다.

모든 악조건에도 불구하고 빠삐용은 드가에게 작별 인사를 하고 뗏목을 바다에 던진 후 조류를 타기 위해 절벽에서 뛰어내린다. 뗏목을 의지한 채 해류를 따라 악마의 섬에서 서서히 멀어져 가는 빠삐용을 드가는 절벽 위에서 바라보며 그의 탈옥이 성공되기를 기원한다.

주인공인 빠삐용은 계속된 실패에도 불구하고 왜 끊임없이 탈출을 했던 것일까? 독방 생활을 비롯해, 배고픔과 간수들의 폭행, 그 많은 고통과 괴로움으로 십수 년의 시간이 흘러 나이가 들어 힘도 없고 몸도 따라주지 않는데도 무슨 이유로 8번의 탈옥을 시도했던 것일까? 친구처럼 그냥 적당히 타협하여 살아갈 수는 없었던 것일까?

영화에서 빠삐용은 어느 날 꿈을 꾸는데 꿈에서 그는 사막 한가운데로 걸어가고 있었고, 저 멀리 맞은편에 재판관과 배심원이 앉아 있었다. 그는 평소처럼 결백을 주장하며 살인을 하지 않았다고 울부짖는다. 그러자 재판관은 "너에게는 분명히 죄가 있다. 네 죄는 인간이 저지를 수 있는 최악의 죄다. 그것은 인생을 낭비한 죄다"라고 말하며 유죄를 선고한다. 그토록 무죄임을 항변하던 그는 재판관의 말에 자신이 인생을 낭비해온 죄를 시인한다.

그가 열심히 살아오지 않았기에 그는 과거에 대한 미련이 남아 있었다. 보다 나은 삶을 살아갈 수도 있었건만, 자신의 게으름에 너무 많은 인생의 시간을 낭비해 버렸던 것이다.

하지만 살인죄가 아닌데도 불구하고 감옥에 갇힌 채 자신의 인생을 또다시 낭비하게 된다면, 그는 과거의 잘못을 회복할 기회마저 잃게 되고 만다는 것을 알았다.

미래의 내가 의미가 없이 살아가야만 하는 운명이라면, 현재의 나의 존재는 의미있는 것일까? 현재 내가 살아가는 이유는 더욱 나은 나의 미래를 희망할 수 있기 때문일 것이다.

빠삐용이 실패를 거듭하면서도 탈출을 시도한 것은 미래의 자신을 위한 것이었는지도 모른다. 차라리 그의 친구(더스틴 호프만)처럼 아예 감옥에서 생을 마감할 생각으로 그저 하루하루 살아가는 것에 만족하는 것이 오히려 더 편안했을지 모른다. 하지만 빠삐용은 그의 현재의 모습보다는 미래의 자신을 위한 길에 확신이 있었기에 그렇게 힘들어도 탈출을 계속했던 것이 아닐까?

8. 포기는 이유가 안 된다

우리의 환경은 우리의 삶에 있어 어느 정도 영향을 미칠까? 어떤 환경에 처하더라도 그것을 극복하고 자신의 세계로 나가는 것은 그리 쉽지 않을 것이다. 그러한 환경의 장애물을 넘어설 수 있는 힘은 바로 자신의 의지와 미래에 대한 희망에서 나오는 것은 아닐까?

〈길 위에서 하버드까지〉라는 책은 리즈 머리의 실화를 본인 스스로 쓴 책이다. 그녀는 뉴욕 브롱크스 빈민가에서 태어나, 마약 중독자인 부모 밑에서 고통에 가까운 빈곤과 최악의 환경에서 어린 시절을 보냈다.

"엄마와 아빠가 어떤 판단을 할 때 그 판단 기준은 자신들이 좋아하느냐 싫어하느냐가 아니었고, 우리 가족에 이로우냐 해로우냐도 아니었다. 엄마 아빠의 판단 기준은 마약이었다."

리즈 머리의 엄마, 아빠는 두 명 모두 심각한 마약 중독자였다. 엄마는 결국 에이즈에 걸려 사망하고, 나중에 아빠는 개선 가능성이 없는 마약 중독자로 판단되어 정부에 의해 보호시설로 보내지면서 어린 나이에 고아 아닌 고아가 되고 만다. 학교에서는 친구들의 조롱으로 인해 상처를 받고 학교를 나와 거리를 방황하는 어린 노숙자로 살아간다.

"슬픔에 저항하거나 신경을 다른 곳으로 돌려 슬픔을 감추는 대신 스스로에게 슬픔을 경험하도록 허용하자, 또 다른 경험이 표면 위로 떠올랐다. 나의 고통을 직시하기로 마음먹고 나니 그 이면이 보이기 시작했다. 내 삶의 보이지 않는 승리들이 초점 속으로 들어왔다."

그녀는 배가 고파 쓰레기통을 뒤져 먹을 것을 찾고, 지하철에서 잠을 자며, 절망의 환경에서 죽지 못해 살아간다. 하지만 그녀는 자기 고통을 객관적으로 바라보고 그것을 받아들인다. 그리고 난 후 자신의 운명을 스스로 개척해 나가기로 마음을 먹고, 정규학교가 아닌 대안학교에 입학해 거리를 전전하며 4년간의 노력 끝에 최고의 명문 하버드대학으로부터 입학 허가를 받는다. 불굴의 의지로 최악의 환경을 극복한 인간 승리였다. 그녀에게 포기라는 단어는 사치에 불과했던 것이다.

"삶은 늘 그런 식이었다. 한순간 모든 것이 이치에 닿다가도, 다음 순간 상황이 바뀐다. 사람들이 병에 걸리고, 가족들이 헤어지고, 친구들이 문전 박대를 한다. 그곳에 앉아 있는 동안 내가 경험한 급작스러운 변화들이 떠올랐지만, 내 마음속에 솟아난 감정은 슬픔이 아니었다. 느닷없이, 이유가 무엇인지 몰라도, 그 자리에 다른 감정이 자리 잡고 있었다.

그것은 희망이었다. 인생이 최악으로 변할 수 있다면, 어쩌면 좋은 쪽으로도 변할 수 있다는 생각이 든 것이다."

그녀는 우리가 살아가는 삶은 우리 스스로 어떤 의미를 부여하느냐에 따라 달라질 수 있다는 것을 알고 있었다. "세상은 마음먹기 달렸다"는 것을 그녀는 알았다. 단지 남아 있는 것은 자신의 꿈을 이루기 위한 노력일 뿐이었다. 그녀는 짧지 않은 시간에 그녀가 가지고 있는 모든 에너지를 쏟아부어 남들이 생각하는 불가능을 가능으로 만들었다. 그녀에게 있어 주위 환경은 정말 아무것도 아니었다.

우리가 현재 처해 있는 상황이 우리를 힘들게 하고 구속할지라도 절망에 빠지지 말고 희망의 빛을 바라보며 한 걸음씩 앞으로 나아가야 하지 않을까? 내가 처해 있는 상황을 비탄과 한숨으로 바라보며 아무것도 하지 않는다면 갈수록 더 깊은 나락으로 떨어질 뿐이다.

삶은 어쩌면 마라톤일지 모른다. 마라톤을 완주하기에는 쉽지가 않다. 중간에 포기하고 그만두느냐, 끝까지 달리느냐는 오직 자신한테 달렸을 뿐이다. 마라톤에 있어서의 완주는 아무리 지치고 힘들어도 포기하지 않는 자에게만 주어지는 기쁨이요, 영광이다. 리즈 머리에게는 주위의 환경이나 장애물은 도전에 대상일 뿐이었다. 그러한 도전을 넘어 그녀는 자신의 꿈과 미래를 위해 완주했다. 그녀에게 있어서 포기는 어떠한 이유도 되지 못했다.

9. 기구한 운명 그리고 친구

   평생 순탄한 삶을 사는 사람은 거의 없다. 누구나 살다 보면 원치 않은 많은 일들을 겪기 마련이다. 하지만 자신의 의지와는 달리 기구한 운명을 타고 나는 사람들도 많고 그 운명으로 인해 많은 아픔과 슬픔 속에서 살아가야 하는 이들도 수없이 많다. 우리가 감당해야 하는 운명의 한계는 어디까지일까? 나의 의지와는 상관없이 나에게 주어진 삶은 어떻게 헤쳐나가야 하는 것일까? 그러한 삶의 과정에서 서로에게 힘이 되고 의지가 되는 사람이 있다면 얼마나 좋을까?

   송영의 소설 〈친구〉에서 주인공은 도일의 집에 하숙생으로 들어간다. 주인공이 도일보다 나이가 몇 살 더 많았지만 서로 가까워지면서 친구처럼 지내게 된다. 도일은 백인과의 혼혈아였는데 집주인이었던 도일의 부모는 모두 한국 사람이었다. 어떻게 한국인 부모에게서 백인 혼혈아인 도일이 아들인 것일까? 주인공과 도일은 서로 얘기도 통하고 친해지면서 주인공은 도일의 비밀을 조금씩 알게 된다. 도일도 주인공에게 서서히 마음의 문을 열고 자신의 방으로 주인공을 초대해 많은 얘기를 하며 친해진다.

도일의 방은 고급 오디오 세트 등으로 잘 꾸며진 넓고 깨끗한 방이었다. 도일의 부모가 그만큼 도일에게 많은 신경을 써주는 것으로 주인공은 생각했다. 둘이 서로 가까워지면서 도일이 사실은 미군부대의 백인과 한국 여성 사이에 낳은 아이라는 것을 알게 되었고, 도일의 친부모는 도일을 버렸다. 도일은 천혜원이라는 고아원에서 자랐는데 거기서 만난 여자아이가 순영이었다. 순영이도 도일과 같은 운명으로 아빠는 백인이었고 엄마는 한국인이었다. 모두가 한국인이었던 고아원에서 비슷한 운명으로 인해 둘은 친 오누이처럼 지냈다.

고아원에서 도일은 미국인 양부모에게 입양되지만 미국 양부모는 직접 미국으로 도일을 데려가지 않고 한국에서 어느 가정에 도일을 키우는 대신 매달 당시는 거액인 500불을 그 가정에 후원하는 조건으로 입양을 한다. 지금 살고 있는 집의 집주인이 그 조건으로 도일을 맡아 키우게 된 것이었다. 그리고 오누이처럼 서로 의지하고 지냈던 순영과 도일은 헤어지게 된다. 자신들의 기구한 운명을 이해해 주던 유일한 친구와의 헤어짐은 아픔 그 자체였을 것이다.

도일에게 부모는 그래서 세 명이었다. 도일을 낳고 버리고 도망간 친부모, 미국에서 후원하는 양부모, 그리고 그 후원금을 받는 조건으로 현재 같이 지내는 양부모.

도일의 방은 당시엔 화려한 오디오 세트까지 갖추어진 좋은 방이었지만 도일은 그러한 방에서 결코 행복할 수 없었다. 도일은 주인공에게 그러한 사실을 감추고 있었고, 자신의 세계를 비밀로 한 채 좋은 방에 지내며 행복하다는 것을 애써 주인공에게 보여주려고 했었다.

하지만 시간이 지나 둘이 서로 가까워지면서 그러한 비밀은 하나씩 알려지게 되고 결국 최후엔 도일의 모든 비밀을 주인공이 알게 된 순간 도일은 무너져 내린다.

"도일이 방바닥에 내려와서 한쪽 벽에 기대어 쭈그리고 앉더니 갑자기 얼굴을 무릎 사이에 파묻고 울기 시작했다. 녀석은 소리를 죽여 어깨를 들먹이며 울고 있었다. 그 순간 녀석이 지금껏 쌓아왔던 그토록 견고해 보이던 행복의 성이 한순간에 무너져내리는 것 같았다. 내 눈에는 그 방에 있는 커다란 옷장이며 번쩍이는 오디오 세트며 벽에 걸린 테니스 라켓 따위가 모두 한낱 무대를 꾸미는 장식물에 지나지 않는 것으로 보였다. 그러나 한 가지 위안은 있었다. 도일이 눈물을 보인 순간 나는 이제야 우리가 흉허물 없는 친구가 되었다는 걸 알았다. 그건 이제 우리 사이에 더 이상 거짓이 존재하지 않기 때문이었다."

우리가 이 세상에 내던져진 것은 우리의 의지가 아니었다. 우리가 원했던 것도 아니었다. 우리는 그냥 이 세계에 존재하게 되었다. 우리의 운명은 우리의 의지와는 상관없었다. 어떤 이는 진정으로 기구한 운명을 타고 날 수밖에 없었다. 그러한 운명은 우리의 삶 자체에 있어 결코 무시할 수 없는 거대한 성과 같은 것인지도 모른다.

　삶은 우리를 항상 꽃길만 걷게 하지 않는다. 우리가 걸어가야 하는 길이 자갈밭일 수도 있고, 험한 산의 오르막길일 수도 있다. 우리는 그 길을 우리가 결정할 수도 없다. 운명을 거스를 수 있는 사람은 아무도 없다. 하지만 그 길을 갈 때 누군가 함께 한다면 위로가 되고 힘이 될 수 있다. 자신의 많은 것을 있는 그대로 받아 주고 이해해 주는 사람과 동행을 한다면 그 험한 길이라도 용기를 내서 갈 수 있으리라.

　친구는 그런 의미에서 중요하다. 그 친구가 나이 차이가 있어도 괜찮고, 이성이어도 상관없다. 중요한 것은 나의 아픔과 어려움을 다 공유할 수 있으면 된다. 나의 아픈 비밀도 나누면 가벼워질 수 있고, 나의 어려움을 들어주기만 하는 친구가 있어도 한결 수월하게 그 길을 갈 수 있다. 그러기에 친구는 순수해야 한다. 그래야 그 길을 오래도록 함께 갈 수 있다.

　편하게 서로 위로하며 있는 그대로를 받아 주는 사람, 서로에게 힘이 되며 힘들 때 용기를 북돋워 주는 사람, 아무리 힘들어도 어떻게든 버티며 살아가자고 해주는 사람, 허물도 다 보여줄 수 있고 서로의 기구한 운명도 다 이해해 주며 비밀과 거짓이 없는 사람, 그것이 바로 진짜 친구다.

10. 파멸당할 수는 있지만 패배할 수는 없다

바다는 운명을 뜻한다. 그 운명에 맞서 결코 물러서지 않는 인간은 위대하다. 헤밍웨이의 〈노인과 바다〉는 한 인간의 삶이 경이로울 수 있음을 보여준다. 그가 어떠한 일을 하건 삶의 한 가운데서 살아나가는 이상 인간의 위대함이 거기에 있음을 깨닫게 해 준다.

"이렇게 힘센 놈, 또 이렇게 별나게 구는 놈은 머리털 나고 지금이 처음이지 뭐야. 날뛰지 않는 것을 보니 여간 똑똑한 놈이 아닌걸. 이놈이 날뛰거나 마구 요동치는 날에는 꼼짝없이 내가 끝장나고 말 텐데. 하지만 아마 전에도 여러 번 낚시에 걸린 경험이 있어 이럴 때는 지금처럼 싸워야 한다고 생각하고 있는 모양이야."

삶은 우리에게 어떠한 모습으로 다가올지 알 수가 없다. 나를 집어삼킬 듯이 다가올 수도 있다. 나의 능력으로 해결되지 않는 문제들도 다가온다. 하지만 비굴하게 피하지 말아야 한다. 삶은 도전하는 이에게 무언가를 남겨준다. 비록 지치고 힘들어도 맞서 싸우는 자는 강한 삶의 의지라도 얻을 수 있다.

　"노인은 모든 고통과 마지막 남아 있는 힘, 그리고 오래전에 사라진 자부심을 총동원해 고기의 마지막 고통과 맞섰다. '인간은 패배하도록 창조된 게 아니야.' 그가 말했다. '인간은 파멸당할 수는 있을지 몰라도 패배할 수는 없어.'"

　노인이 타고 있었던 배보다 훨씬 더 컸던 고기와의 사투였다. 자신의 능력보다 힘이 센 운명에도 굴복하지 않는 불굴의 의지가 불가능을 가능하게 만든다. 삶은 그렇게 알 수 없는 힘으로 우리를 이끌고 있는지도 모른다. 하지만 이것은 포기하지 않고 도전하는 자만이 경험할 수 있는 것이다. 어쩌면 이것이 신이 주는 선물인지도 모른다.

　"또 다른 상어가 배 밑에서 고기를 물어뜯고 있었기 때문에 배는 여전히 혼들렸다. 노인이 잽싸게 돛줄을 풀어 배가 옆으로 돌자 상어가 물 밑에서 모습을 드러냈다. 상어를 보자 그는 재빨리 뱃전 밖으로 몸을 내밀어 상어에게 일격을 가했다. 그러나 상어의 몸뚱이를 쳤을 뿐 껍질이 단단하여 칼이 제대로 뚫고 들어가지 못했다. 노인은 칼을 뽑아 다시 한번 똑같은 부위를 찔렀다. 그러나 상어는 여전히 갈고리처럼 굽은 주둥이로 고기에 매달렸고, 그러자 이번에는 그놈의 왼쪽 눈을 칼로 푹 쑤셨다. 그래도 상어는 여전히 고기에 매달려 있었다."

삶의 고비는 끝없이 우리에게 다가온다. 가지고 있는 모든 것으로 힘들게 고기와의 사투에서 이겼건만, 다시 상어 떼가 달려들기 시작했다. 상어 떼의 습격으로 노인의 평생에서 잡았던 고기 중에 가장 컸던 그 고기는 모조리 상어의 밥이 되고 말았다. 하나도 남겨진 것이 없었다. 어쩌면 삶은 이리도 허무한 것인지도 모른다. 모든 것을 다해 노력하였으나 돌아오는 것이 하나도 없는 것이었다. 하지만 노인은 그 과정을 얻었다. 홀로 상어 떼와 싸워야 했지만, 그는 결코 물러서지 않았다.

"그는 이제 마침내 돌이킬 수 없을 정도로 완전히 녹초가 되고 말았다는 사실을 깨달았다. 고물 쪽으로 기어가 보니 톱니 모양으로 부러진 키 손잡이의 토막이 키 구멍에 잘 들어가 그런대로 충분히 방향을 잡을 수 있었다. 이제 배는 바다 위를 가볍게 미끄러지듯 달렸다. 그에게는 아무런 생각도 아무런 감정도 떠오르지 않았다. 노인은 모든 것을 초월한 채 가능한 한 배를 요령 있게 다루어 무사히 항구에 도착할 수 있도록 몰았다. 누군가 식탁에서 음식 부스러기를 주워 먹기라도 하듯 한밤중에도 상어 떼가 고기 잔해에 덤벼들었다. 그러나 노인은 상어 떼에 대해서는 전혀 관심을 두지 않고 오직 키 잡는 일에만 집중했다. 뱃전에 달린 무거운 짐이 없어진 배가 얼마나 가볍고도 순조롭게 바다 위를 미끄러지듯 달리는지만 느낄 뿐이었다."

모든 것을 쏟아부었던 자만이 느낄 수 있는 희열은 그 어떤 것보다 그의 삶을 아름답게 해 준다. 가지고 있는 것이 얼마이건 그 전부를 다 끌어내 살아온 사람이 경험하는 삶은 그 어떤 것에서도 느낄 수 없는 경이로움이며 환희일 수밖에 없다. 노인은 이제 편히 쉬어야 한다는 것이 무엇인지 안다. 진정한 안식은 힘들게 운명과 맞선 자만이 느낄 수 있는 것이다. 자신이 할 수 있는 모든 것을 다 해보았기에, 더 이상 할 수 있는 것이 없다는 것을 잘 알기에, 이제는 모든 것을 내려놓고 편히 눈을 감은 채 조용히 쉴 수 있는 것이다. 노인은 그렇게 험한 바다에서 위대한 삶을 살아냈던 것이다.

11. 인생의 늪

늪은 모든 것을 잡아당긴다. 늪에 빠지면 그곳에서 다시 헤어 나오지 못할 수도 있다. 우리의 인생에서도 늪처럼 모든 것을 잡아들여 더 이상 그곳에서 나오지 못한 채 평생을 살아가야 하는 경우도 있다.

나에게는 그러한 늪은 없는 것일까? 현재까지 없다고 하더라도 앞으로 나의 삶의 어느 순간에 갑자기 늪이 나타나 나를 통째로 삼켜버리지는 않을까?

인생의 늪을 스스로 원하는 경우는 없을 것이다. 우연히 나도 모르게 그러한 늪에 빠질 수도 있고, 정말 사소한 어떤 것이 소위 나비효과를 일으켜 우리를 영원히 빠져나오지 못하는 그러한 늪 속으로 우리를 몰아넣을 수도 있다.

양귀자의 〈늪〉은 어떤 한 평범한 인생을 열심히 살아가는 중학교 국사 교사인 김 선생에게 닥친 인생의 커다란 늪에 관한 소설이다. 그는 대학을 갓 졸업하고 중학교에 발령받아 나름대로 교사로서의 사명을 가지고 학생들을 사랑하며 최선을 다해 살아가고 있었다. 다만 자신의 주관을 서슴지 않고 이야기하는 경향이 있기는 했으나 일반적인 상식 차원에서 보면 그것은 누구나 할 수 있는 소신 발언 정도였다. 하지만 시대가 유신정권 말이었다.

"그것 말고는 어떤 인생 계획도 없었는데. 처음 미국에 가서는 얻는 일자리마다 끝에 헬퍼, 라는 호칭이 붙는 것이었어요. 보조라는 뜻 말입니다. 목수 보조, 주방장 보조, 이발사 보조, 트럭 기사 보조. 그렇게 몇 년을 살다 보니까 내 인생 자체가 누군가의 보조라는 느낌, 그 느낌이 아주 고약하더라구요. 아무것도 하지 않고 시간을 탕진하고만 있다는 기분 말입니다. 사실은, 지금도 그래요. 나는 지금 햄버거집 주인이지만, 내가 원했던 삶은 정녕 이것이 아니었거든요. 하지만, 더 괴로운 것은, 누가 나를 이리로 몰아붙였는지, 그게 무엇인지 원망할 대상도 없다는 것이지요. 누구에게 따질 수도 없어요. 모두 내 죄거든요."

국사 시간에 어떤 나쁜 의도 없이 그저 나름대로 자신의 주관을 곁들여 수업을 했을 뿐이었다. 하지만 어쩌면 별것도 아닌 그의 소신 발언은 커다란 삶의 늪이 되어 버리고 말았다. 단순한 말 몇 마디가 평생을 잡아 먹는 인생의 커다란 늪이 되어버리고 말았던 것이다.

"일주일이 지나고 비로소 사건의 윤곽이 밝혀졌다. 예상은 모두 엇나갔다. 김 선생은 유언비어 유포죄로 고발당해서 출근길에 정보기관에 끌려갔다고 했다. 고발자는 학부모였다. 믿을 수 없었지만 사실이었다. 엄밀히 말하면 고발자는 학생인 셈이었다. 수업 시간에 선생님이 유신 정권에 대해 하는 말들을 무심코 아버지에게 옮긴 적이 여러 번, 고급 공무원이었던 아들의 아버지는 김 선생의 사상이 불온하다는 판단을 하기에 이르른다. 그러던 중 정보기관에 다니는 친구와 점심을 하다가 역시 무심코 아들의 담임에 대해 몇 마디를 흘렸다. 기관원은 김 선생의 이름과 근무지를 적고, 발언 내용도 수첩에 적었다. 말로 할 때는 별것 아니었던 것도 축약되어 메모될 때는 의미가 심장해지는 법이었다. 김 선생은 일 주일간의 모진 고문을 당하고 풀려났다. 김 선생 집에 다녀온 몇몇 교사들의 표현에 의하면 풀려난 김 선생의 모습은 한마디로 사람의 형상이 아니었다고 했다.”

수업 시간에 한 김 선생의 소신 발언은 담임을 맡았던 한 학생의 아버지의 귀에 들어가게 되었고, 그것이 학생의 아버지가 고급 공무원인 바람에 정보기관에 알려지게 된다. 극히 개인적인 사소한 발언조차도 그냥 넘어가지 않았던 시대였던 것이 문제였다.

그는 어느 날 갑자기 정보기관에 체포되어 모진 고문을 당하고 풀려나 다시 전에 있었던 자리로 돌아가 예전의 모습으로 학생들을 가르치려 했지만, 한 번 빠진 그 늪은 그의 인생을 가만히 두지 않았다.

“김 선생은 참아낼 수 있었는데, 선생님을 아버지에게 밀고한 것이 되어버린 학생은 이 상황을 견뎌낼 수 없었다. 밀고자가 되어버린 소년, 교사들과 친구들의 수군거림, 다리를 절뚝이며 나타났지만 한마디 책망도 없이 여전히 정다우려고 노력하는 담임선생님. 열다섯 살의 소년이 감당하기로는 너무 무거운 현실이었다. 그래서 소년은 스스로 목숨을 끊는 쪽을 택했다. 8층 건물의 옥상에서 몸을 날린 소년은 처참한 시신으로 발견되었다. 피투성이 호주머니에는 담임선생님에게, 오직 담임선생님에게만 간절히 용서를 구하는 유서가 들어 있었다. 선생님, 이렇게 될 줄 정말 몰랐어요.”

　담임선생님이 정보기관에 끌려가 모진 고문을 받게 된 것이 오로지 자신 때문이라고 생각했던 김 선생 담임 반의 학생은 엄청난 죄책감에 스스로 목숨을 끊고 만다.

　“돌이킬 수 없는 불행은 어쩌면 그때부터였는지 몰랐다. 제자의 죽음 앞에서 김 선생은 말을 잃었다. 장례가 치러지기까지 사흘간 학생들이나 교사들은 소년의 주검이 놓여 있는 병원 영안실을 수시로 드나들었지만, 그는 피투성이 유서만 들여다보고 또 들여다봤을 뿐 그 어린 영혼 옆에 가까이 갈 수도 없었다. 그때, 오 선생은 느끼고 있었다. 그 사흘 동안 김 선생은 얼마나 부서지고 있는가를. 굴욕과 고통의 고문조차도 건드리지 못한 한 인간의 정신이 얼마나 철저하게 부서지고 있는가를 옆자리의 오 선생은 생생하게 느낄 수 있었다.”

　그 학생의 자살은 김 선생을 완전히 빠져나올 수 없는 늪의 한복판으로 끌려들어가게 해버리고 말았다. 그의 나머지 인생은 이제 그 늪 속에서만 보내야만 했다.

전혀 생각지도 않았고, 원하고 바라지도 않는 방향으로 흘러가 버리고 만 그 운명은 이제 돌이킬 수조차 없었고, 김 선생은 앞으로 살아가야 할 그의 남은 인생의 시간이 주어지지 않기를 바랐을지도 모른다. 차라리 아예 그 늪에 빠져 모든 것이 끝나버리고 마는 것이 더 나을지도 모를 정도의 삶의 고통이었다.

"그러나 그것이 끝이 아니었다. 아들의 한 줌의 재가 되어 한강에 뿌려지고 나서 얼마 후, 이번에는 아들의 아버지가 이 세상을 떠났다. 그가 운전하던 자동차가 과속인 상태에서 전신주를 들이받아 생긴 일이었다. 그것이 우연한 사고인지 아니면 의도된 사고인지에 대해서는 여러 가지 말이 있었지만, 그것은 하늘만이 알 일이었다."

김 선생이 빠진 그 늪은 그것으로도 모자라 학생의 아버지까지 삼켜버렸다. 김 선생은 어쩌면 자신이 피해자였으나, 하늘을 바라보고 살 수조차 없는 가해자의 처지가 되어버리고 말았던 것이다. 그 두 사람의 생명은 다시 돌아오지 않을 것이고, 아무리 발버둥 쳐도 김 선생은 그 늪에서 더 이상 빠져나올 수가 없었다. 그렇게 그 늪은 김 선생의 나머지 모든 인생까지 삼켜버렸다.

우리도 김 선생처럼 그 몸서리쳐지는 삶의 늪에 언제 빠질지 알 수 없다. 아니 이미 그러한 늪에 빠져 헤어 나오지 못한 채 그저 하루를 간신히 버티고 살아가고 있는 것인지도 모른다. 삶은 그렇게 잔인하게 우리의 모든 것을 앗아갈 수도 있다. 내가 바라지 않더라도, 언제 어느 때 그러한 늪이 나에게 다가올지도 모른다.

이미 그 늪에 빠져 있다면 우리는 어떠한 것을 해야 하는 것일까? 만약 앞으로 우리에게 그러한 늪이 기다리고 있다면 우리는 무엇을 해야 하는 것일까? 인생의 커다란 늪에 빠지게 되면 우리는 그곳에서 빠져나올 수 있는 것일까?

12. 두근두근 내 인생

영화 〈두근두근 내 인생〉은 가슴 시리도록 슬프지만 푸른 하늘처럼 맑기도 한 그런 영화이다. 영화에서 고등학생인 대수(강동원)와 동갑인 미라(송혜교)는 17살의 나이에 아름이를 낳고 부모가 된다. 어린 나이에 임신을 했다는 이유로 둘 다 집에서 쫓겨나 가난한 월세 집에서 갖은 고생을 하며 아름이만 바라보며 살아간다.

하지만 운명은 행복해야만 할 이 가정에 커다란 폭풍우를 몰고 온다. 아름이는 3,000만 명 중에 한 명 정도가 걸리는 희소병을 가지고 태어났던 것이다. 아름이는 태어나면서부터 노화가 급속히 진행되어 많아야 17살 정도까지만 살아갈 수밖에 없는 운명을 타고났던 것이다.

대수와 미라는 이러한 불행에도 불구하고 아름이를 위해 하루하루 열심히 살아갈 뿐이다. 하지만 시간이 흐르며 아름이는 16살이 되고 이제 그에게는 시간이 얼마 남지 않게 된다. 16살이지만 80세가 넘는 외모를 가지고 있는 아름이, 그 주위에는 오직 아빠와 엄마, 그리고 우연히 컴퓨터 채팅으로 알게 된 소하와 예쁜 감정을 주고받는 것이 전부였다. 세상을 전혀 경험해 보지도 못한 채 아름이는 이제 모든 것과 작별을 해야만 했다.

34살인 대수와 미라는 그들이 가장 사랑하는 아름이를 하늘나라로 보낼 준비가 되지 않았다. 자식을 잃어버리기에는 아직 너무나 젊은 나이였다. 이런 부모의 마음을 아는 아름이는 다음과 같은 시를 쓴다.

아버지가 묻는다
다시 태어난다면 무엇이 되고 싶으냐고
나는 큰 소리로 답한다
아버지
나는 아버지가 되고 싶어요
아버지가 묻는다
더 나은 것이 많은데
왜 내가 되고 싶으냐고
나는 수줍어 조그맣게 말한다
아버지
나는 아버지로 태어나 다시 나를 낳은 뒤
아버지의 마음을 알고 싶어요
아버지가 운다

실낱같은 희망이라도 움켜잡고 싶은 대수와 미라였지만, 자신들의 힘으로는 운명이라는 거대한 파도를 넘을 수 없음을 인식한다. 그리고 그들은 서서히 아름이와 아름다운 작별을 준비하게 된다.

　아름이가 가장 원하는 소원은 새해가 되면 울리는 종각의 종소리를 듣고 싶은 것이었다. 대수와 미라는 아름이의 마지막 소원이라도 들어주기 위해 대수가 운전하는 택시를 타고 아름이와 함께 종각으로 향한다. 하지만 연말연시로 인해 시내는 길이 막혀 자동차가 움직이기조차 힘들었다. 새해가 다가오는 12시가 가까워지자 아직 종각에 도착하지 못한 채 아름이는 엄마인 미라의 품 안에서 숨을 거둔다. 그리고 멀리서 들리는 제야의 종소리에 대수와 미라는 눈물만 흘릴 뿐이었다.

　"사람이 누군가를 위해 슬퍼할 수 있다는 건 흔치 않은 일이니까, 네가 나의 슬픔이라 기쁘다."

13. 인생의 일부는 불행이다

삶은 평탄하지 않다. 전혀 예상치 못한 일들이 수시로 일어난다. 내가 바라지 않는 일들이 검은 먹구름을 드리우며 다가온다. 인생은 살만할지 모르나 고통이 비껴가지 않는다. 그러한 불행들이 한번으로 끝나지 않고 생이 다할때까지 계속된다.

퀴리 부인은 대학시절 경제적으로 너무 불행했다. 추운 파리의 한겨울을 불기 하나 없는 다락방에서 지내야 했다. 빵한 조각과 홍차 한 잔으로 매 끼니를 때웠다. 피에르 퀴리와 결혼한지 9년만에 피에르는 길을 건너다 마차에 치어 두개골이 부서지며 즉사했다. 마리 퀴리의 나이 38세였다. 그리고 그녀는 평생을 혼자 살았다. 노벨상을 두 번이나 받는 영광이 있었지만 방사능이 인체에 얼마나 해로운지 모른채 연구에 열중하다 백혈형에 걸려 말년엔 손가락 하나 움직일 힘도 없는 상태에서 61세에 사망했다.

프리드리히 니체는 이성적인 철학에 작별을 고하고 의지

의 철학을 선언하면서 철학사에 커다란 획을 그었다. 그의 채 "짜라투스트라는 이렇게 말했다"가 대표적이다. 니체는 군대에서 병을 얻은 후 계속해서 몸이 약해져 갔다. 결국은 35세의 나이에 교수직을 수행할 수 없게 될 정도가 되어 사직할 수 밖에 없었다. 그 후 정신착란을 겪기 시작했고, 어느 날 길거리를 가다가 마부에게 채찍질을 당하는 말을 보고 말을 감싸안다가 넘어져 병상에 눕게 된다. 그 후 니체는 10년 동안 병상에서만 누워 지내가 결국 사망하게 된다.

20세기 미국 물리학의 자랑이었던 리차드 파인만은 초등학교때부터의 친구인 알린과 결혼을 앞두고 있었다. 하지만 알린이 불치병에 걸려 시한부 인생을 선고 받는다. 주위의 모든 반대를 무릎쓰고 결혼한 후 모든 방법을 동원해 알린의 치료에 힘을 쏟지만 알린은 결혼 후 2년 정도 지난 후 사망하게 된다.

음악의 성인이라 불리는 루트비히 베토벤은 36세에 테레제라는 여인과 약혼하지만 그 약혼은 깨지게 된다. 그 후 그의 제자이었던 줄리에타 귀차르디를 만나게 되어 둘은 연인사이가 되지만 여자집안의 강력한 반대로 결혼을 하지 못하게 되었고 이즈음 베토벤은 청력마저 거의 잃게 되어 심한 절망에 빠진 채 자살할 생각을 하고 유서까지 작성한다.

영국의 첼리스트 자크린느 뒤 프레는 아주 어린 나이에 첼로의 재능을 인정받고 당대 최고의 첼리스트였던 로스트로포비치를 사사한다. 아주 어린 나이임에도 불구하고 20대

초반까지 무려 50여개의 음반을 발매한다. 또한 당시 피아니스트겸 지휘자였던 다니엘 바렌보임과 결혼까지 한다. 하지만 세계 최고의 첼리스트로서 길을 걷던 중 25세에 신경계통의 불치병을 얻게 되어 더 이상 첼로를 연주할 수 없게 되는 아픔을 겪었고 결국 28세에 은퇴할 수 밖에 없었다. 그 후 12년간 병상에 있었고 남편인 바렌보임으로부터 버림받게 된다. 바렌보임은 그녀가 죽을때까지 12년 동안 한번도 그녀를 찾아오지 않았다고 한다. 결국 그녀는 42세에 요절한다.

불행은 그 누구에게나 찾아온다. 그것이 경제적일 수도 있고, 부모자식간의 관계일수도 있고, 부부일수도 있고, 친구 사이의 문제일 수도 있고, 본인의 하는 일에서 일 수도 있다. 아무리 발버둥치고 버티고 극복하려 해도 불행의 힘은 우리보다 훨씬 세다. 이겨낼 수가 없다. 불행에 맞서서 할 수 있는게 별로 없다. 우리의 한계는 극명하다. 맞서 싸우다 피투성이가 되고, 몸부림치다 더 큰 불행이 닥칠 수 있고 결국 파멸의 길에 이를지도 모른다. 체념이 더 큰 힘을 발휘할 수도 있다. 불행없는 삶은 없다. 모든 인생은 불행이 존재하기 마련이다. 그냥 내려놓고 받아들여야 한다. 평범하게 사는 것이 가장 힘들다. 요즘 드는 생각은 나 자신은 아무것도 아닌 존재 같다. 아무것도 아닌 존재이기에 오늘 주어진 단순한 일상의 반복도 어쩌면 기적일지 모른다. 오늘 하루만 행복하게 살수 있는 것으로도 만족하면 된다.

14. 얼마 남지 않은 시간

우리에게는 많은 시간이 남아 있을 것 같지만 실상 살아가다 보면 어느 순간 주어진 시간이 그리 많지 않음을 깨닫게 된다. 만약 그러한 순간을 맞이하게 된다면 우리는 어떤 선택을 하고, 남은 시간을 어떻게 보내야 하는 것일까?

편혜영의 〈야행〉은 오래전 남편을 잃고 하나밖에 없는 아들과의 관계마저 소원해진 죽음을 앞둔 어느 여인에 관한 이야기이다.

"뇌출혈로 쓰러진 남편은 얼마간 의식이 없는 채로 앓다가 세상을 떴다. 세상을 뜰 즈음에 남편의 몸은 안쓰러울 정도로 깡말라 있었다. 남편은 수의를 입고 나서야 예전의 건장한 체격을 되찾았다. 그녀는 더디고도 급작스러운 남편의 소멸을 지켜보며 죽음에 대해서라면 비탄할 필요도 없고 어떤 애원도 소용없으며 증오를 품어서도 안 된다고 생각해왔다. 그것은 그저 그렇게 되도록 되어 있는 일, 그러니까 지극히 자연스러운 일에 지나지 않았다. 그렇게 생각하게 되기까지는 시간이 많이 걸렸고 고통이 따랐다. 그럼에도 무엇인

59

가 아직도 남아 있는 것 같았다. 남편의 주검을 떠올릴 때면 심장을 죄게 하는 무엇인가가."

항상 곁에 있을 것 같았던 사람이 갑자기 떠나게 되는 날이 찾아올 수도 있다. 나는 그 사람에게 어떤 사람이었을까? 내가 해줄 수 있는 것을 그 사람이 살아 있는 동안 어느 정도 했던 것일까? 이제는 영원히 만나지 못하게 될 터인데 그동안 그 사람에게 잘못한 것들은 어떻게 해야 하는 것일까?

"인생에는 잘 살아 보려는 노력이 돌이킬 수 없게 되는 경우가 많고 착실하고 소박한 노동의 대가로 비루한 생활이 주어지는 경우도 많았다. 그러므로 무엇이든 그저 오는 대로 받아들이는 수밖에 없다는 걸 알고 있었다. 무엇보다 자신마저 그렇게 생각하면 아들의 인생에는 더 이상 희망이 없을 것 같아 애써 그런 생각을 지우려 했으나 그럴수록 점점 아들의 인생이 실패에 가까워지고 있다는 쪽으로 마음이 기울었다. 그녀는 자책했다. 어미로서 자식에 대한 기대를 저버린 것을, 어떤 때는 걱정과 우려를, 어떤 때는 표면적인 지지와 응원을 보냄으로써 아들이 매번 오기나 자만심으로 허황된 계획을 세워 실패를 반복하도록 방치한 것을."

삶은 우리가 생각하는 대로 바라는 대로 되지 않는 경우가 훨씬 많다. 어쩌면 삶에 대한 애착이 우리의 인생을 더욱 힘들게 하는지도 모른다. 그저 평범하게 살아가는 것이 더 지혜로운 선택일 수도 있다. 너무 애쓰지 말고 그저 주어지는 대로 살아가는 것이 그나마 나은 삶일지도 모른다.

"뇌출혈로 쓰러져 의식 불명 상태에 이른 남편은 제 바지 주머니에 든 손수건조차 꺼내놓지 못했다. 남편이 남긴 물건은 선택된 것이 아니라 그저 사용자가 없어지는 바람에 저절로 남게 된 것들이었다. 그 물건들을 정리한 것이 그녀였다. 그녀는 남편의 유품을 정리하는 과정에서 남편이 세상을 떠난 것 이상으로 충격을 받았다. 그녀는 자신이 남편에 대해 아는 것이 있기나 한지, 남편의 고민이나 희망, 고통 같은 것을 이해해 본 적이 있는지 생각했다. 추상적인 게 문제가 된다면, 취향이나 습관, 버릇이나 성향 같은 것은 구체적으로 말할 수 있는지 생각했다."

우리는 우리가 사랑하는 사람, 우리에게 소중한 사람에 관해 얼마나 알고 있는 것일까? 그의 아픔과 상처, 고통과 괴로움에 대해 우리는 얼마나 관심을 가지고 있었던 것일까? 우리는 진정으로 소중한 사람을 위해 무엇을 얼마나 해주었던 것일까? 우리는 가까이 존재하는 사람을 얼마나 이해하고 있는 것일까? 이제는 돌아오지 않을 그 길을 가는 이에게 어떠한 것들을 해줄 수 있을까? 그런 시간이나마 남아 있는 것일까?

삶은 그렇게 흘러간다. 사랑하고 소중한 사람은 그렇게 떠나가 버리고 만다. 인생은 결코 돌이킬 수 없는 길을 가는 것과 같을 뿐이다.

15. 지혜로운 자

　자신을 넘어서기 위해서는 자신을 잘 알아야 되지 않을까 싶다. 나 자신이 누구인지 알지 못하면 항상 그 상태에 머무를 수밖에 없기 때문이다. 내가 누구인가를 안다고 함은 나의 부족함을 아는 것이다. 나의 부족함이란 나는 아직 더 발전해야 함이 많음을 알기에 나 자신을 돌아볼 줄 아는 사람이다. 이러한 이유로 나 자신을 넘어 현재의 모습보다 나 나은 나의 모습이 미래에 보장된다.

　진정으로 현명한 자는 따지지 않는다. 따진다는 것은 쉽게 말해 너는 틀리고 내가 옳다는 것을 주장하는 것에 불과하다. 하지만 이 세상에 완벽한 이는 없다. 자신이 옳다고 생각하는 것 자체가 문제일 수 있다. 우리들이 따지는 이유는 아직 무언가를 모르기 때문이다. 특히 나 자신이 부족하고 나에게도 잘못이 많다는 것을 모르기에 따지게 된다. 하지만 그 이유는 사실 알고 보면 별것도 없다.

　논어에는 다음과 같은 말이 있다.

"曾子曰(증자왈)

以能問於不能(이능문어불능)

以多問於寡(이다문어과)

有若無(유약무)

實若虛(실약허)

犯而不校(범이불교)

昔者(석자)

吾友嘗從事於斯矣(오우상종사어사의)"

"증자가 말했다. 능함으로써 능하지 못한 이에게 묻고, 많음으로써 적은 이에게 물으며, 있으면서도 없는 듯이 여기며, 꽉 찼으면서도 빈 듯이 여기며, 잘못을 범해도 따지지 않음을 예전에 내 친구가 이렇게 말했다."

자신이 겸손할 수 있기에 많은 것을 배울 수 있다. 이로 인해 나날이 더 나은 나 자신이 가능해진다. 내가 부족하다는 것을 인정하는 것이 내 성장의 가장 중요한 바탕일지도 모른다.

능력이 있기에 능력이 없는 이에게 물을 수 있다. 많이 알고 있기에 그렇지 못한 이에게 물을 수 있다. 많은 것을 가졌기에 없는 듯 살 수 있으며, 나 자신의 내면이 충실하기에 다른 사람을 받아줄 수 있다. 내가 누구인지를 알기에 다른 사람의 잘못을 따지지 않고 그저 받아들일 뿐이다. 그러기에 성숙한 이는 따지지 않는다. 따져봤자 별것이 아니라는 것을 너무나 잘 알기 때문이다.

요즘은 잘 따지는 사람이 똑똑해 보이고, 말로 상대를 누르는 사람을 승자라 생각한다. 이로 인해 다른 사람이 잘못을 해도 그에게 따지지 않고 질책하지 않으며 그를 탓하지 않는 사람은 드물다. 따지고 나서 자신이 이겼다고 해서 돌아오는 것은 그 순간에 느낄 수 있는 잠시 동안의 자기만족일 뿐이다. 따지고 나서 이겼지만, 나중엔 어떻게 될까? 그 사람을 완전히 잃게 되고, 커다란 상처를 주기만 할 뿐이다. 그리고 본인도 언젠가는 그런 경험을 할 수밖에 없다. 따져서 항상 이기는 사람은 존재하지 않기 때문이다.

자신의 부족한 면, 자신의 한계를 아는 사람은 따지지 않을 것이다. 그리고 다른 이에게 상처도 주지 않을 것이다. 그렇게 시간이 지면 그의 존재 가치가 인정되며 많은 다른 이들로부터 존중받게 된다. 나 자신이 부족함을 알기에 다른 사람의 부족함도 이해할 수 있다. 그러기에 따지지 않으며 그저 그와 함께하고자 할 뿐이다.

상대를 비난하고 이것저것 따지는 데 열중한다면, 자신의 부족함을 되돌아볼 수 있는 기회를 잃을 수밖에 없고, 그는 그 상태로 정체되며, 더 이상 더 나은 자신을 만들어 가는 데 실패하게 된다. 따라서 그는 계속해서 인생 전체를 그렇게 따지는 일로 소모하다 끝을 내게 된다. 그리고 최후에 후회만 할 뿐이다. 받아들임이 따지는 것보다 훨씬 너 큰 사람이 할 수 있는 것임은 너무나 명백하다.

공자는 자신의 제자였던 안연에게 "네가 나보다 훨씬 낫다"라고 말했다. 우리가 현재 알고 있는 공자는 이러한 이유 때문에 가능했던 것은 아닐까?

16. 음악 같았던 순간들

　돌이켜보면 우리의 인생에서도 음악같이 아름다웠던 순간이 있었다. 어렵고 힘들었던 시절에도 그런 순간이 있기에 삶은 살아볼 만한 것이 아닐까? 그러한 순간들을 잊지 않고 살아가는 것이 어쩌면 삶의 지혜인지도 모른다.

　김연수의 〈사월의 미, 칠월의 솔〉은 세월이 흘러 지금은 별것도 없는 평범한 사람인 이모에게도 그녀의 과거 모습에서 음악처럼 좋았던 순간들이 있었음을 이야기해 주는 소설이다.

　"그래서 따라나섰다가 그만 서귀포까지 가게 됐거든. 맞아, 사랑의 줄행랑이었던 거지. 요즘 같으면 어디 파타고니아나 마케도니아 같은 곳으로 도망쳤을 텐데, 그때는 외국으로 나갈 수가 없었던 시절이니까 나름 갈 수 있는 한 가장 먼 곳까지 간 셈이지. 그렇게 서귀포시 정방동 136-2번지에서 바다 보면서 3개월 남짓 살았어. 함석지붕집이었는데, 빗소리가 얼마나 좋았는지 몰라. 우리가 살림을 차린 사월에는 미 정도였는데, 점점 높아지더니 칠월이 되니까 솔 정도까지 올라가더라.”

얼마나 가슴 뿌듯하고 행복했으면 함석 지붕 위에 떨어지는 빗소리가 음악으로 들렸을까. 더 이상 바라는 것이 없기에, 지금 그 모습 그대로 모든 것에 만족하기에, 어쩌면 누구에게는 시끄러워 잠을 잘 수 없는 빗소리가 음악처럼 들렸던 것이다. 게다가 점점 더 행복해지기에 빗소리가 낮은 음에서 높은 음으로 들렸던 것이다.

“그가 가리키는 사진 속에는 단발머리를 하고 주먹을 쥔 두 손을 양옆으로 펼친 채 카메라를 향해 돌진하려는 듯한 자세를 취한 이십 대 초반 이모의 모습이 찍혀 있었다. 그다음 사진에서는 앉은뱅이책상에 턱을 괴고 앉아서 고개를 돌리고 카메라를 쳐다봤다. 사진 속의 이모는 놀라울 정도로 젊었고, 또 아무런 두려움도 모르는 얼굴이었다. 파멜라 차로 변신하기 이전, 차정신으로 살아가던 시절의 얼굴들. 인생을 통틀어 가장 행복한 시절을 보내고 있다는 것도 모르고, 팔베개를 베고 가만히 누워 밤을 지새우면서도 빗소리를 듣던, 젊은 나날의 조각들. 이모는 그 사진들을 하나하나 자세히 들여다봤다.”

삶에는 모든 것이 담겨있다. 기쁨도 있지만 슬픔도 있고, 만남도 있지만 헤어짐도 있으며, 행복도 있지만 불행도 있기 마련이다. 아프고 고통스러운 것만 생각한다면 삶을 살아가기에는 너무나 힘겨울 수 있다. 기쁘고 좋았던 순간들이 언젠가는 있었고, 앞으로 또 있을지도 모른다.

이 세상에 아무것도 가지고 오지 않았기에, 지금 가지고 있는 것만 해도 어쩌면 감사할 일이다. 내 것이 하나도 없는 상태에서 태어났는데 그래도 지금은 내 것이 어느 정도는 있기는 하다. 더 많은 것을 바랄 수도 있겠지만, 생각을 달리해보면 지금 가지고 있는 것으로도 충분할 수 있다.

음악처럼 아름다웠던 순간이 있었던 것처럼, 지금 이 순간도 그렇게 만들 수 있고, 앞으로 다가올 시간도 가슴 벅찬 음악 같은 순간들이 있을지도 모른다. 삶의 순간을 아름다운 음악으로 만들어가는 것은 내 인생을 작곡하는 나 자신이 아닐까 싶다.

17. 돌이킬 수 없는 삶의 선택

삶은 수많은 선택의 연속이다. 최선이라 생각하여 선택하는 것들이 좋은 결정일 수도 있지만 그렇지 않을 수도 있다. 선택하는 그 당시 우리는 삶에 대해 잘 알지도 못하고 삶이 어떻게 흘러갈지도 모른다. 선택한 이상 어찌할 수 없는 것은 선택한 결과의 삶을 과거로 돌이킬 수 없기 때문이다. 어떤 선택을 하건 지나가 버린 삶의 결과를 받아들일 수밖에 없는 것이 우리의 인생이 아닐까 싶다.

우리가 하는 선택은 나 자신의 삶을 올곧게 살아갈 수 있게 해주고 있는 것일까? 오늘 하는 나의 선택은 진정 무엇을 위한 것이고 누구를 위한 것일까? 그러한 선택들이 나 자신의 삶을 위하기보다는 나의 진정한 삶과는 상관없는 선택은 아닌 것일까?

정미경의 〈타인의 삶〉은 모두가 동경하는 삶을 살아가고 있는 것처럼 보이는 어느 한 흉부외과 의사의 이야기이다.

"벚꽃을 보러 나가자고 그토록 조를 때, 싫다며 고개를 저었던 그날 밤이 아니었다면 이런 어이없는 일이 일어나진 않았을까. 일어날 일은 일어나고야 만다는 운명론이 아니면 견딜 수 없었던 이 며칠, 살기 위해 무언가를 삼켜야 하듯 이 모든 상황을 받아들여야 했던 순간이 있었다. 그러나 머리를 깎고 내 앞에 나타난 현규의 얼굴을 보고서도 끝내 평정심을 가장할 수는 없었다. 잿빛 비니 아래로 드러난, 머리카락이 있던 자리, 목덜미보다 흰 두피 때문일까."

우리의 삶은 순간의 집합일 뿐이다. 그 순간이 어느 방향으로 흘러갈지는 아무도 알 수가 없다. 평범한 일상이 계속되는 것은 어쩌면 커다란 축복일지 모른다. 전혀 알 수 없는 곳에 숨어있던 삶의 그림자가 우리의 일상을 흔들고 변화시키기도 한다. 우리가 할 수 있는 선택이 많을 것 같아도, 어느 순간에는 선택할 수 있는 것이 하나도 없는 경우도 있다. 더 이상 아무것도 할 수 없다는 것을 알게 될 때 우리는 그제서야 삶에 대해 간절해지기도 한다.

"돌이킬 수 없을 때의 후회는 후회가 아니다. 다만 기억의 우물 속으로 끊임없이 자신을 내동댕이치는 짓이다. 무심하고 어리석었던 시간들은 아주 잘게 쪼개져 연속사진처럼 선명하게 재생된다. 그러고는 여기쯤이냐고, 아니면 어디서부터였냐고, 다만 길이 나누어지기 시작한 그 지점을 손가락질해보라고, 다그치고 또 다그치는 것이다."

자신의 한계를 인식하며 살아가는 이가 어쩌면 그나마 덜 후회를 하며 살아갈 가능성이 크다. 자신의 뜻대로 삶이 펼쳐지기를 욕심부리지 않기 때문이다. 모든 것이 자기 뜻대로 되기를 바라는 이가 시간이 흘러 더 많은 후회를 하며 살게 될지도 모른다. 하지만 그때는 이미 돌이킬 수가 없다. 삶은 흘러가는 강물일 뿐, 어느 지점에서도 돌아오지 않는다.

"이후로, 이곳에서의 삶이 그림자와 다를 바 없다는 생각에 내내 사로잡혀 지냈어. 그 생각은 지나치게 강렬해서 결국 무엇으로도 지울 수 없는 불의 자국처럼 내 머릿속에 박혀버렸어. 삼십 년 세월을 딱 끊어버리고 다른 길을 가겠다는 사람에게 그런 트집은 너무 우습지 않은가. 날마다 만났다. 만나자 하면 현규는 나와서 내 앞에 앉아주었다. 그 정도는 해주어야 한다고 각오한 표정으로. 모든 질문은 바닥날 것이고 언젠가는 지쳐버릴 것을 알고 있다는 듯이"

우리는 얼마나 나만의 진정한 삶을 살아가고 있는 것일까? 타인의 모습을 바라보며 어쩌면 헛된 것에 나의 소중한 시간들을 허비하고 있는 것은 아닐까? 나 자신에 대해 우리는 얼마나 알고 있고, 나 자신을 위해 나는 지금 무엇을 하고 있는 것일까? 나의 삶은 나를 위한 것이 아닌 타인의 그림자와 같은 삶을 살아가고 있는 것은 아닐까?

18. 오필리아의 슬픔

영국의 부유한 집안에서 태어난 화가 존 에버렛 밀레이는 11살의 나이에 왕립 아카데미에 입학할 정도로 그림에 뛰어난 재능을 가지고 있었다. 그의 작품 중 "오필리아"는 셰익스피어 희곡의 주인공 햄릿이 사랑했던 여인인 오필리아를 그린 것이다. 이 그림에서 오필리아는 물에 잠긴 채 죽어 있다. 오필리아에게는 어떤 일이 있었던 것일까?

햄릿은 아버지인 국왕을 잃었고 두 달도 되지 않아 어머니가 자신의 숙부와 결혼하는 모습을 바라만 보고 있을 수밖에 없었다. 그에게는 세상이 원망스러울 수밖에 없었을 것이다. 어머니를 비롯한 어떤 여인도 믿을 수가 없었다.

"사느냐, 죽느냐, 그것이 문제로다. 가혹한 운명의 화살을 참아내는 것이 중요한가, 아니면 고통의 물결을 두 손으로 막아 이를 조절하는 것이 중요한가? 죽음은 잠드는 것, 그뿐이다. 잠들면 모든 것이 끝난다. 마음의 번뇌도 육체가 받는 온갖 고통도, 그렇다면 죽고 잠드는 것, 이것이야말로 열렬히 찾아야 할 삶의 극치가 아니겠는가? 잠들면 꿈도 꾸겠지.

아, 여기서 걸리는구나. 이 세상의 온갖 번뇌를 벗어던지고 영원히 죽음의 잠을 잘 때 어떤 꿈을 꾸게 될 것인지, 이를 생각하면 망설여지는구나. 이 망설임이 비참한 인생을 그토록 오래 끌게 하는 것이다."

햄릿에게는 삶이 허망했다. 더 이상 살아가고픈 의욕이나 이유를 찾지 못했다. 그가 선택할 수 있는 것이 없었다. 오직 그를 슬프게 하는 것을 없애는 것 외에는. 하지만 이러한 과정에서 삶은 전혀 예상하지 못한 곳으로 흘러갔다. 햄릿은 자신이 사랑하는 여인인 오필리아의 아버지를 실수로 죽이게 된다.

오필리아는 애인이었던 햄릿의 실수로 자신의 아버지가 죽자 비탄에 빠지게 되고 이로 인해 오필리아마저 정신적으로 미쳐 햄릿과의 사랑을 이루지 못하고 사망하게 된다. 사랑하는 여인마저 잃은 햄릿의 복수가 두려웠던 햄릿의 숙부이자 왕은 햄릿을 죽이려는 음모를 꾸민다.

아버지를 잃은 오필리아의 오빠를 이용해 햄릿과 결투를 벌이게 하고 이 결투 과정에서 오필리아의 오빠와 햄릿의 어머니마저 죽음을 맞이하게 되고, 왕은 햄릿에 의해 결국 죽게 되고 만다. 아버지의 원수를 갚긴 했지만, 햄릿도 그 많은 짐을 짊어진 채 목숨을 잃는다. 그렇게 모든 사람들의 삶이 파멸에 이르고 말았던 것이다.

오필리아는 자신이 사랑했던 햄릿이 아버지를 죽였다는 사실을 알고 충격을 받아 실성한 채 헤매다가 스스로 강물에 몸을 던져 목숨을 끊었다. 밀레이의 그림에서 오필리아는 수면에 떠 오른 채 죽음에 이른 모습으로 형상화되어 있다.

오필리아가 수면에 떠 있는 채 죽은 모습은 아마도 삶과 죽음, 아버지와 애인, 사랑과 진실, 등 우리의 삶은 수많은 경계상에서 이루어지고 있음을 표현한 것이 아닌가 싶다.

강둑에 보면 아름다운 하얀 꽃이 피어 있지만, 강의 수면 에는 그 꽃잎들이 떨어져 있는 것이 보인다. 한때는 아름다 웠던 것도 언젠가는 끝에 이르게 된다는 것을 보여주고 싶 었던 것 같다.

오필리아의 얼굴 위로는 나뭇가지가 늘어져 있다. 자신의 사랑과 희망이 그렇게 덧없이 사라져 버린 것을 표현한 듯 하다. 그 주위에는 날카로운 풀들이 있는데 이는 그녀 내면 의 고통을 보여주는 것이 아닐까 싶다.

오필리아의 손 근처에는 붉은 장미 한 송이가 떠 있다. 아 마 그녀는 햄릿과의 사랑은 순수하고 아름다웠다는 것을 간 직하고 싶었을 것이다.

수면에 떠 있는 상태의 오필리아 위에는 여러 가지 색깔 의 꽃들이 펼쳐져 있다. 이는 아마도 살아가면서 겪게 되는 기쁨과 슬픔, 사랑과 아픔, 고통과 영광 등 삶의 여러 가지 모습이 아닐까 싶다.

오필리아의 몸짓과 표정을 보면 그녀는 아주 순수하고 연 약해 보인다. 이러한 그녀의 모습이 우리의 마음을 더욱 아 프게 만든다. 사랑 하나만으로도 충분히 살아갈 수 있는 그녀에게 운명은 너무나도 가혹했던 것이다. 햄릿을 사랑하고 싶어도 더 이상 사랑할 수 없게 만든 아픔을 간직한 채 그녀는 삶과 죽음의 경계에 서 있다.

오필리아는 강물에 자신을 맡긴 채 세상을 떠난다. 자신의 힘으로는 삶을 더 이상 감당할 수 없기에 그녀는 그저 강물에 모든 것을 맡겼던 것 같다. 마음 아프지만, 그것이 어쩌면 운명이고 현실이었던 것이다.

삶에는 아름다운 순간도 있지만 고통스러운 순간도 있다는 것이 어쩌면 당연한 것일지 모른다. 어떤 일이 일어나더라도 모든 것을 받아들일 수 있는 마음이 어쩌면 더 위대한 것인지도 모른다.

19. 비오는 날, 따뜻한 날

〈비 오는 날〉

롱펠로우

날은 어둡고 쓸쓸하다
비 내리고 바람은 쉬지도 않고
넝쿨은 아직 무너져 가는 벽에
떨어지지 않으려고 붙어 있건만
모진 바람 불 때마다 죽은 잎새 떨어지며
날은 어둡고 쓸쓸하다

내 인생 춥고 어둡고 쓸쓸하다
비 내리고 쉬지도 않고
내 생각 아직 무너지는 옛날을
놓지 아니하려고 부둥키건만
지붕 속에서 청춘의 희망은 우수수 떨어지고

나날은 어둡고 쓸쓸하다

조용하거라. 슬픈 마음들이여!
그리고 한탄일랑 말지어다
구름 뒤에 태양은 아직 비치고
그대의 운명은 뭇사람의 운명이니
누구에게나 반드시 얼마간의 비는 내리고
어둡고 쓸쓸한 날 있는 법이니

살아가다 보면 비 오는 날도 있기 마련이다. 매일 맑고 따스한 날만 계속되는 일은 결코 있을 수 없다.

삶이 내가 원하는 일들로만 가득하다면 인생은 더 이상 바랄 것이 없을 것이다. 하지만 그러한 삶은 그 누구에게도 주어지지 않는다. 내가 원하지 않는 일이 나에게 일어나고, 내가 바라는 일들이 무참히 사라져버리기도 한다.

진정으로 원했던 것들이 나에게 주어지지 않더라도 받아들일 수밖에 없는 것이 인생이 아닐까 싶다. 하지만 시간이 지나면 또 다른 소중한 것들이 나를 기다리고 있을 것이다. 그것이 언제 나에게 다가올지는 모르지만 삶은 우리를 그렇게 단순히 외면만 하지는 않을 것이다.

비가 그치고 따스한 봄을 가져다줄 사람이 누구일까? 언제까지 나는 그 사람을 기다려야 하는 것일까?

예전에는 나에게 따스한 봄을 되돌려줄 사람을 기다렸던 적이 있었다. 하지만 요즘에는 그리한 기대를 하지는 않는다. 기다리다 보면 언젠간 그러한 일이 일어날 수는 있을 것이다. 하지만 이제는 기다리지 않기로 했다. 나에게는 비 오는 날도 소중한 시간이라는 것을 깨달았기 때문이다.

비 오는 날이 춥고 아프고 외롭다는 것을 모르는 것은 아니다. 하지만 이제는 그러한 것을 버틸 수 있을 것 같다. 아무리 추워도, 아무리 아파도, 아무리 외로워도 이제는 그러한 것에 마음 상하지는 않는다. 그저 주어진 날들이 있다는 것만으로도 충분하다는 생각이 든다.

내리는 비를 보며 따스한 날에 생각하지 못했던 것들을 다시 한번 돌아본다. 빗소리를 들으며 햇빛 나는 날에 느끼지 못했던 것을 느낄 수 있다. 비록 그것들이 나를 아프게 하더라도 그로 인해 또 다른 나를 만날 수 있기 때문이다.

언젠간 비가 그칠 것이다. 그 비가 그치는 날, 더욱 맑고 따스한 날이 나를 기다리고 있을 것이라 확신한다. 비는 결코 영원히 계속되지 않는다.

비 오는 날도 있기 마련이지만, 맑고 따뜻한 날도 있을 수밖에 없다.

20. 반복이 돼도 상관없다

‘파사칼리아’는 느린 3박자로 변주곡 형식을 취한다. 저음 선율의 반복을 중심으로 하는 것이 특징이라 할 것이다. 같은 멜로디로 변주를 하든, 저음 선율을 반복하든 그것은 문제가 되지 않는다. 아름다운 선율이 마음에 와닿기 때문이다.

우리의 삶은 반복의 연속이다. 아침에 일어나 씻고 식사를 한 다음 일하러 간다. 동료를 만나고 비슷한 일을 매일같이 하며, 점심을 먹고, 다시 일을 하다가 피곤에 지친 몸으로 집으로 온다. 집에 오면 어제와 비슷한 일들이 반복된다. 그러다 잠이 들고 다시 아침이 되어 다시 반복되는 일상을 살아간다.

때로는 일탈을 하고 싶기도 하지만 그런 용기를 가지는 것조차 사치일 수 있다는 것을 잘 안다. 어제와 같은 오늘, 오늘과 같은 내일이 있을 뿐이다. 매일이 즐겁고 행복하지 않다. 오히려 더 힘들고 지겹고 답답하기만 하다.

파사칼리아가 변주곡이고 반복적 선율일지라도 마음에 와

닿는 이유는 무엇 때문일까? 그것은 아마도 그 곡에 작곡한 이의 인생이 오롯이 담겨 있기 때문이 아닐까 싶다. 헨델의 인생이, 할보르센의 삶이 이 곡에 내재하기 때문일 것이라는 생각이 든다. 음악이나 예술은 그것을 만든 사람의 마음이 온전히 들어 있을 수밖에 없다.

매일 비슷한 일을 해야 하는 것은 바로 변주와 같을 것이다. 일상이 반복되는 것 또한 마찬가지이다. 반복되는 일상이 나의 삶을 만드는 것이라는 생각이 든다. 그러한 하루를 아름답게 만드는 것은 오직 나에게 달린 것이 아닐까 한다. 비슷한 일을 반복해야 하지만, 그것에서도 아름다움과 즐거움 그리고 행복을 느낄 수도 있을 것이다.

오늘도 저는 어제와 비슷한 삶을 살았다. 별 특별한 일도 없었고, 가슴 뛰는 일도 없었다. 하지만 그런 가운데에서 마음만은 편안할 수 있기를 바랐다. 나 혼자만이라도 아름다운 순간이 있기를 기도했다.

21. 삶은 완전하지 않다

    우리는 나름대로 각자의 인생을 치열하게 살아가지만, 어느 순간 다시 처음으로 돌아가고 싶은 생각을 하는 경우가 있다. 삶은 결코 완전하지 않다. 나의 힘과 능력으로 최선을 다해 노력한다고 하더라도 원하는 길로 가지 못하는 경우가 너무나 많다.

    김영하의 〈인생의 원점〉은 인생의 모든 순간에서 최선을 다해 선택하고 노력했지만, 지나고 나서 보니 결코 원하는 삶이 아닌 것에 관한 이야기이다. 다시 처음으로 돌아가고 싶지만 그러지도 못하고, 계속해서 지금의 길을 걸어가기도 힘에 겨운 어쩌면 우리 모두에게 해당되는 이야기인지도 모른다.

    "살아가면서 이런저런 힘든 순간을 겪을 때마다 서진은 돌아가고 싶었다. 인생의 원점, 자신이 떠나온 곳, 사람들이 흔히 고향이라 말하는 어떤 장소로. 그가 누구인지 모두가 아는 곳으로. 그러나 아무리 생각해도 그런 지점이 어디인지 알 수 없었다. 그는 떠돌이의 인생을 살았다. 어려서는 부모를 따라 전국을 돌아다녔고, 커서도 한곳에 오래 머물지 못하고 여기저기 옮겨 다녔다. 사람에게도 비슷해 묵은 관계라고는 없었다."

살아갈수록 삶은 우리의 뜻대로 되는 것보다 그렇지 않은 것이 더 많다는 것을 느끼곤 한다. 나름대로는 최선을 다해 살아가지만, 현실은 그렇지가 않아서, 차라리 모든 것을 지워버리고 다시 시작하고 싶은 생각이 들기도 한다.

하지만 인생이라는 것을 돌이킬 수 있는 사람은 존재하지 않는다. 자신의 힘으로 헤쳐왔건, 그렇지 않았건 간에, 우리가 걸어온 그 길은 그대로 남아있을 뿐이다. 그것을 되돌릴 수도 없고, 다시 시작할 수도 없다.

"그 순간 서진은 인아가 이런 순간을 이미 여러 차례 겪었으며 지금 이 장면 역시 인아가 겪어왔고 앞으로도 겪을 순간들 중 하나에 불과하다는 직감이 들었다. 불행한 결혼생활을 계속해온 인아가 어떻게 자신한테만 마음을 열었겠는가? 뭔가를 할 수 있다고 말했다가 결정적인 순간에 그녀의 인생으로부터 도망친 여러 남자가 서진 이전에 존재했던 것이다. 서진에게는 인아가 회귀할 원점이었으나 인아에게 서진은 인생이라는 힘겨운 등산길에서 만나게 되는 대피소와 같은 것이 아닐까. 원점과 대피소는 당장은 눈물 나게 고마울지 몰라도 언제든지 새로 만날 수 있다. 서진은 인아에게 유일무이한 존재가 되고 싶은 갈렬한 욕망을 느꼈다. 하지만 어떻게 그런 존재가 될 수 있을지는 알 수 없었다."

누군가에게 시작점이 될 수 있는 것만큼 기쁘고 행복한 일이 있을까? 그 사람이 진정으로 사랑하는 사람이라면 더욱 그럴 것이다. 하지만 삶은 우리가 원하는 대로 바라는 대로, 다가오지 않는다. 원하지 않는 것이 오기도 하고, 피하고 싶은 것이 오기도 한다. 하지만 그것들을 온몸으로 모두 받아내야만 하는 것이 우리의 삶 그 자체가 아닐까 싶다.

"또 악몽 같은 밤, 하지만 이겨내야겠지. 내 곁에 아무도 없다는 생각을 하면 슬퍼지지만 어쩌겠어. 이게 내가 선택한 삶인걸. 너한테 부담 주지 않을게. 답은 안 해도 돼. 그냥 지우지만 말아줘. 말할 사람이 있다는 것만으로도 살아갈 힘이 생겨."

아무리 악몽 같은 순간들이 우리에게 오더라도 그것을 겪을 수밖에는 없다. 그 누구 하나 옆에 있지 않더라도 혼자서 모든 것을 헤쳐 나가야만 한다. 삶은 어쨌든 내가 선택을 하게 마련이고, 그 선택으로 인한 모든 책임은 내가 져야 하기 때문이다.

차라리 그 어떤 일이 나에게 다가오더라도 아무 문제가 되지 않을 것이란 생각을 하는 것이 낫지 않을까? 내가 원하는 것이 오지 않더라도 그것에 상관없이, 또한 내가 원하지 않는 것이 오더라도 그것에 연연하지 않고 살아내는 것이 오히려 더 현명한 것이 아닐까?

지나온 시간은 지울 수가 없으며, 다시 시작하려고 해도 그 시작점으로 돌아갈 수가 없다. 삶은 어차피 완전하지 않

으며 그 완전하지 않음을 받아들이는 것이 차라리 더 나은
삶의 선택인지 모른다.

22. 불완전한 삶

나름대로 최선을 다하지만 좋은 결과를 만들어내지 못하기도 한다. 마음속 깊이 사랑하지만 관계가 어긋나기도 한다. 삶은 그래서 불완전하다. 사람은 완전하지 않기에 원하지 않는 그러한 길을 갈 수밖에 없는 것이 인간의 참모습일지 모른다.

자신이 흠이 별로 없다고 생각하거나 자신의 생각대로 해야 하는 것이 옳다고 하여 주저 없이 행동을 하는 경우 더욱 불완전한 삶의 길을 가게 될지도 모른다.

이 세상에 완전함이란 존재하지 않는다. 그럼에도 불구하고 우리는 완전함을 추구하곤 한다. 이루어질 수 없는 그 완전함을 위해 소중함을 잃거나 진실함을 잊거나 다시 돌아오지 않을 시간을 소모하곤 한다.

나 자신 불완전함을 알았다면 더 의미 있는 시간들을 보냈을지도 모른다. 완전함을 추구하지 않았더라면 더 즐겁고 행복한 시간들을 누렸을지도 모른다.

최선을 다해 살아가더라도 원하지 않는 인생의 결과들이

나타나는 현실에서 우리는 왜 삶의 불완전함을 잘 받아들이지 못하는 것일까?

타인의 불완전함을 받아들이지 못하기에 그와 다투며 좋았던 관계마저 아예 잃어버리기도 한다. 나 자신 완전하지 않기에 타인 또한 완전하지 않음이 당연한 것인데, 어째서 나와 같은 생각을 하기를 기대하고, 내가 바라는 대로 행동하기를 바랐던 것일까? 그것은 아마 욕심을 넘어서는 독단과 아집이었는지도 모른다.

나의 불완전함을 받아들이고 타인의 불완전함도 받아들였다면 그 공간의 여백이 숱한 불완전함을 포용하고도 남았을 텐데 왜 그런 선택을 하지 못했던 것일까?

타인이 완전하기를 바랐기에 그 소중한 순간들을 잃어버리게 되고, 나 자신이 완전하기를 기대하기에, 아름다울 수 있는 순간들을 누리지 못했던 것 같다.

이제는 앞으로 내가 진정으로 사랑하는 이의 완전함을 기대하지 않으려 한다. 그가 어떤 일을 하건 그저 지켜보고 받아들이려 한다. 그 모습이 어떠하건 인정해 주려 한다. 어떤 기대함 없이 그냥 응원하려고 한다.

삶은 불완전하지만, 이제는 그러한 삶을 사랑하려고 한다. 불완전한 타인을 사랑하고, 불완전한 나 자신을 사랑하고 싶다. 그것이 불완전한 인생에서의 가장 완전한 답이 될 것 같다는 생각이 든다.

23. 구원의 문

　모든 고통과 괴로움에서 벗어날 수 있는 길은 없는 것일까? 우리의 삶은 좋음과 좋지 않음으로 구분할 수 있지만, 그러한 분별에서 자유롭다면 삶이 한결 가벼워질 것은 분명하다. 하지만 절대적인 유한성은 그 가벼움을 어찌하지는 못하는 것 또한 사실이다.

　김훈의 〈저만치 혼자서〉는 평생을 수녀로 지낸 어느 두 노 수녀의 말년에 대한 이야기이다.

　"삶은 죽음을 배제할 수 없지만, 죽음은 치유 불가능한 몸의 유한성을 극복하는 구원의 문이다. 그러므로 부활한 예수의 빈 무덤에서 그리스도와 사도는 만나는 것이다."

　어쩌지 못하는 것들이 있다. 한계란 누구의 인생에서나 존재하기 마련이다. 그 한계에 대한 인식의 부족이 우리 존재를 부끄럽게 만들 뿐이다. 스스로에 대한 착각, 타인에 대한 인지 부족, 그 외 주위의 모든 것에 대한 무지가 우리가 가지고 있는 한계의 성벽을 더욱 높게 만든다.

　심지어 한계를 극복하려는 노력조차도 하지 않는다. 자신의 유한성을 인식하지 못하기에 그는 자신의 우물에서 헤어나오지도 못한다.

어쩌면 그러한 한계와 유한성을 극복하는 것이 바로 구원의 문이 될 수 있다. 그것이 육체적이건, 정신적이건 그 문을 통해 우리는 진정한 자유를 느낄 수 있기 때문이다.

부활한 빈 무덤에서 예수를 만나듯 그 구원의 문을 통해 진정한 나를 만나고 모든 고통과 괴로움으로부터 자유를 얻게 되는 것이 아닐까?

나는 구원의 문을 찾기 위해 그동안 얼마의 노력을 해왔던 것일까? 구원의 문을 통하여 진정한 나를 만나고, 내가 누구인지를 보다 확실히 알 수 있을 것인데도 불구하고, 나는 그동안 구원의 문이 있는지조차 몰랐던 것은 아닐까?

내일은 필요 없다. 오지 않을지도 모르기 때문이다. 나는 오늘 구원의 문을 찾아 그 문을 열고 싶을 뿐이다. 그 문을 열어 햇빛을 받아들이고 새로운 공기를 마시며 모든 것을 내려놓고 필요 없는 것을 잊은 채 참된 나를 만나 마음의 평안을 얻어 진정한 자유를 얻고 싶을 뿐이다. 그중의 일부만이라도 만족함을 느끼면서.

24. 돌아갈 곳이 있나요?

　살아가다 보면 참으로 많은 일이 생기는 것이 인생이 아닌가 싶다. 원하는 것을 이루어 기쁘기도 하고, 좋은 사람을 만나 행복하기도 하다. 하지만 전혀 생각하지 못한 불행한 일이 나를 덮치기도 하고, 제발 일어나지 않았으며 하는 일들이 파도처럼 밀려오기도 한다.

　모든 일이 다 잘 되는 경우는 드물다. 삶은 우리를 그냥 편안하게 놔두지 않는다. 주위를 둘러보면 어려움 없이 살아온 사람은 없는 것 같다. 누구나 인생의 어느 순간에 감당하지 못하는 아픔을 겪기도 한다.

　화가였던 렘브란트는 그의 인생 초기에 별 어려움 없이 성공의 삶을 누렸다. 서른 살이 되기 전 그는 이미 화가로서 명성을 날렸다. 그를 후원하는 사람도 많았고 이로 인해 경제적으로도 풍요했다. 렘브란트는 더 커다란 성공을 위해 고향을 떠나 암스테르담으로 간다. 당시 그곳은 네덜란드가 무역 강국이 되는 데 있어서 커다란 역할을 하는 곳이었다. 엄청난 부를 축적한 사람들이 거대한 저택에서 호화롭게 살아가고 있었다. 부유했던 그들은 예술품을 수집하였고, 유명한 화가로부터 초상화를 그리게 하였다. 당연히 렘브란트는 자신에게 더 좋은 기회가 찾아올 것이라 생각했던 것이다.

렘브란트의 소문은 빠르게 퍼져나갔고 돈 많은 사람들이 그를 찾기 시작했다. 수많은 사람들의 초상화를 그려주며 그는 엄청난 부를 축적하기 시작한다. 더군다나 그는 막대한 재산의 물려받은 사스키아와 결혼한다. 주위에서는 렘브란트를 네덜란드 최고의 화가가 될 것이란 말을 하였다.

하지만 삶은 그를 가만히 두지 않았다. 그에게 비극이 하나씩 시작된다. 렘브란트의 첫째 아이가 태어난 지 얼마 되지 않아 세상을 떠난다. 그런데 둘째 아이와 셋째 아이도 마찬가지로 사망한다. 이어 그의 어머니도 세상을 떠나고 넷째 아이가 태어나자마자 아내마저 사망한다. 엄마 없는 아이를 돌봐주기 위해 하녀를 들였고, 외로웠던 렘브란트와 그 하녀 사이에 아이가 태어난다. 부도덕한 관계에 대해 해명하라는 교회의 소환도 받게 된다.

이런 와중에 화가로서의 렘브란트의 인기도 차갑게 식어 갔다. 다른 젊은 화가들이 더 멋진 초상화를 그려내면서 그에게는 일거리가 없어져 갔다. 모아놓아 두었던 재산이 사라지는 것은 순간이었다. 게다가 네덜란드에 경기 침체가 오면서 렘브란트는 결국 파산한다. 그는 자신의 모든 그림과 저택마저 전부 잃게 된다. 게다가 그의 마지막 자녀마저 흑사병으로 세상을 떠나게 된다.

모든 것을 잃은 렘브란트는 갈 곳이 없었다. 그를 사랑하는 사람도, 그를 인정해 주는 사람도, 그에게 도움을 주는 사람도 모두 사라져버렸다.

이때 렘브란트가 그린 그림이 바로 "탕자의 비유"이다. 모든 것을 잃어버린 탕자가 쉴 곳마저 없자 다시 집으로 돌아가는 모습을 그린 것이다. 렘브란트 또한 모든 것을 잃었기에 자신의 아픈 마음이라도 쉴 곳이 필요했을 것이다. 그는 자신의 존재 그 자체와도 같은 '미술의 세계'로 돌아갔다. 그곳에서 그는 삶에 지친 자신의 몸과 마음을 쉴 수 있었다.

그는 이 작품을 남기고 세상을 떠났다. 모든 것을 얻었지만, 그 모든 것을 잃은 렘브란트는 그나마 자신의 삶을 위로받을 수 있는 마지막 거처인 미술의 세계에서 자신의 생을 마감했던 것이다.

돌아갈 곳이 있다는 것만으로도 우리의 삶은 위로받을 수 있을 것이다. 비록 많은 것을 잃는다 하더라도 문제가 되지는 않는다. 이 세상에 처음 왔을 때 아무것도 가지고 오지 않았으니 잃어버린 것에 너무 마음 아파할 필요는 없다. 그냥 오늘 하루도 마음을 쉴 수 있는 곳이 있다면 그것으로 충분할 것이다. 돌아갈 나만의 세계가 있다는 것이 어쩌면 우리에게 가장 중요한 것이 아닐까 싶다.

25. 영원한 나그네

우리는 인생이라는 길을 가는 영원한 나그네일지 모른다. 어딘가에 마음을 두고자 하나, 그곳도 잠시일 뿐 영원하지 않다. 어딘가에서 피곤한 몸을 쉬고자 하나 그곳 또한 오래 머무를 수가 없다. 누군가에게 의지하고자 하나 그 또한 나와 오래도록 마음을 같이 하지는 못한다. 인생은 결국 나 혼자 정처 없이 걸어가야 하는 나그네의 운명일 수밖에 없다.

나그네 길을 가다 보면 비를 만나기도 한다. 어떤 경우엔 가랑비이기도 하지만, 어떤 경우엔 폭풍우를 만난다. 가랑비도 오래 맞다 보면 온몸이 젖기 마련이고, 폭풍우는 나의 생명에 위협을 주기도 한다. 내 한 몸 비를 피할 수 있는 곳이 있을까?

내가 가야 할 길이 뜨거운 태양이 내리쬐는 사막일 수도 있고, 높고 험한 산일 수도 있으며, 일 년 내내 모든 것이 얼어붙어 있는 시베리아와 같은 동토일 수도 있고, 넓고 푸른 잔디가 덮인 초원일 수도 있다.

내가 생각하고 계획해서 가는 길일 수도 있고, 전혀 예상하지 못한 일이 일어나는 길일 수도 있다. 나의 선택이 어떠

하건 나의 앞길에 무슨 일이 일어날지는 알 수가 없다.

나그네 길을 가기 위해서는 강한 내가 필요할 뿐이다. 영원토록 나와 함께 가줄 사람도 없고, 끝까지 믿고 의지할 수 있는 사람도 없다. 물론 어느 순간 나를 응원하고 격려하며 배려해 주는 사람이 있기는 하지만, 내가 걸어가야 하는 길을 처음부터 끝까지 함께해 주는 사람은 없다.

삶은 그래서 혼자다. 혼자임을 분명히 인식하고 그것을 당연히 여기며 모든 것을 나 스스로 해나가야 한다. 다른 존재를 기대하거나 의지하는 순간 강한 나로 태어나지 못한다.

모든 것을 내가 책임지고, 모든 것을 내가 행해 나가야 한다는 것을 마음속에 새기고, 나 자신이 나그네 길을 걸어가야 한다는 운명을 스스로 받아들이는 것이 강한 나로 나아갈 수 있는 지름길이 아닐까 싶다.

그 운명을 받아들이는 순간, 전에 느꼈던 힘겨움이나 외로움이 사라질 수 있다. 누구를 의지하고, 누군가를 기대하고, 누군가에게 사랑을 받고 싶고, 누군가에게 인정을 받고 싶은 마음으로부터 자유로워질 수 있는 진정한 나그네로서 다시 태어날 수 있을 것이다.

나그네라 할지라도 외롭지 않을 수 있고, 힘겹지 않을 수 있고, 두렵지 않을 수 있을 것이다. 그 길을 다 걷고 난 뒤에 그동안 걸었던 길의 발자취를 되돌아보았을 때 나 스스로를 자랑스럽고 대견스럽게 생각되는 순간이 진정한 인생의 가치를 느낄 수 있는 시간이 되지 않을까 싶다.

26. 삶은 완성하기 위해 존재하는 것이 아니다

짊어진 짐이 많다면 그것을 더 이상 지고 싶지 않은 욕망이 당연할 수밖에 없다. 인간이라는 존재는 힘든 것보다는 편한 것을 선호하는 것이 본능이기 때문이다. 하지만 쉽게 그렇게 하지 못하는 이유는 무엇 때문인 걸까?

인생은 무거운 짐을 진 채 끝까지 가야만 하는 것은 아니다. 삶은 완성할 수 없는 끝이 없는 길이기에 그렇다. 한강의 〈야간 열차〉는 삶을 완성하고 싶지만 그러지 못하는 인생의 무게에 관한 이야기이다.

"떠나리라는 것 때문에 동걸은 견딜 수 있었던 것이다. 이 세계에 속하지 않았으므로 그는 강할 수 있었다. 단 한 번의 탈출로 자신의 인생을 완성시켜줄 야간열차가 있으므로 그는 어떤 완성된 인생도 선망할 필요가 없었다. 살아가며 곳곳에서 만나게 되는 요욕들에게도 그는 무신경할 수 있었다."

동걸은 왜 야간열차를 타지 않은 것일까? 자신이 짊어진 짐을 벗어버리고 언제라도 떠날 수 있었을 텐데, 왜 그는 그러지 못한 것일까? 그는 자신에게 주어진 인생에서 도피할 수가 없었다. 평생을 누워서 살아야 하는 쌍둥이 동생의 인생까지 대신 살아내려 했다. 그가 야간열차를 타지 않은 것은 지극히 무거운 현실에서 도피하고 싶지 않아서였다. 그에게는 떠남이라는 단어가 존재하지 않았다.

"나는 지난밤 동걸이 어둠 속에서 지어 보였던 뜻 모를 미소를 기억해냈다. 내 머리는 한 대 얻어맞은 듯 멍멍해졌다. 그렇다면 그 웃음은 무엇인가. 그때 녀석은 자신의 모든 것을 걸고 있던 실낱같은 탈출의 희망을 체념하고 있었던 것일까. 체념해버린 채 웃고 있었던 것일까."

삶을 완성하고 싶은 것은 누구나 가지고 있는 이상과 같을 것이다. 자신의 힘으로 그것을 이루어 낼 수 있을 것만 같은 착각이 들기도 한다. 하지만 시간이 갈수록, 현실을 인식할수록, 완성할 수 없는 것이 인생이라는 것을 깨닫게 되곤 한다.

"역무원의 욕설을 뒤로한 채 나는 달렸다. 열차는 승강장에 아직 서 있었다. 내가 올라타려 하자 열차는 움직이기 시작했다. 나는 발을 헛디뎠다. 젖은 승강장에 엎어졌다. 몸을 일으켰다. 열차는 점차 속력을 내고 있었다. 빗발이 얼굴에 몰아쳤다. 남은 왼발을 난간에 올려 놓았다. 기차 바퀴 소리가 고막을 찢었다."

무거운 짐을 잠시 내려놓고 열차를 타고 떠나는 것이 비

접한 것은 아니다. 완벽한 삶은 존재하지 않는다. 아쉬움이
있고 미련이 남겠지만, 할 수 있는 것에 최선을 다한 것만으
로 충분하다.

　인생을 완성하려 너무 애쓸 필요는 없다. 지나고 보면 삶
은 그다지 큰 차이가 없다. 얻은 것이 있으면 잃은 것이 있
을 뿐이다. 삶은 완성하기 위해 존재하는 것이 아니다.

27. 시대가 운명이었고 운명이 삶이었다

자신의 의지나 희망대로 삶이 살아진다면 그것만큼 행복한 인생은 없을 것이다. 하지만 우리의 삶은 그것을 결코 쉽게 허락하지 않는다.

내 인생을 살아가는 것은 나 자신이 주인인 것이 분명하다. 하지만 내가 태어날 시간과 공간은 내가 결정할 수 있는 것이 아니다. 나의 뜻과는 전혀 상관없이 나는 임의의 어떤 시공간에 태어나 살아갈 수밖에 없다.

어떻게 보면 우리의 인생은 생각보다 짧다. 그 짧은 인생을 살아내야 할 우리가 속한 시대는 우리 삶 전체를 아우르고도 남는다. 그로 인해 시대가 운명이 되고 그 운명이 우리의 삶이 될 수밖에 없다.

정지아의 〈아버지의 해방일지〉는 알 수 없는 세월의 격랑 속에서 온전한 삶을 살아갈 수 없었던 빨치산 아버지에 대한 회고의 이야기이다.

"아버지는 젊은 시절 무수한 죽음을 목도했다. 보급투쟁을 마치고 아지트로 돌아왔더니 동지들의 시신이 목 잘린 채 사방에 나뒹굴고 있었다고, 아버지는 예의 어디를 보는지 알 수 없는 시선으로 덤덤하게 말했다. 밀란 쿤데라는 불멸을 꿈꾸는 것이 예술의 숙명이라고 했지만 내 아버지에게는 소멸을 담담하게 긍정하는 것이 인간의 숙명이었고, 개인의 불멸이 아닌 역사의 진보가 소멸에 맞설 수 있는 인간의 유일한 무기였다"

일제시대에 태어나 나라 잃은 백성으로서 그 험한 시대를 버티고 살아냈건만, 해방이 되자 또 다른 시대의 아픔인 한국 전쟁이 아버지를 기다리고 있었다.

어떤 선택을 하건 최선의 선택이 될 수 없었던 시대였다. 아무리 피하고 싶어도 수많은 목숨이 사라져버리는 것을, 그것도 자신과 삶을 같이 했던 가까웠던 사람들의 죽음을 눈앞에서 지켜봐야만 했다.

죽음이 너무나 흔해 빠져서 그 누가 죽어 나가더라도 더 이상 흐를 눈물마저 말라버려, 그저 담담히 그 사람들을 보내야만 했었다.

"그런 사연이 있는지 몰랐다. 그저 빨갱이 아버지 때문에 집안 망하고 공부 못한 것이 한이라 사사건건 아버지를 원망하는 줄로만 알았다. 아홉 살 작은아버지는 잘난 형 자랑을 했을 뿐이다. 그 자랑이 자기 아버지를 죽음으로 몰아갈 줄 어찌 알았겠는가. 작은아버지는 평생 빨갱이 아버지가 아니라 자랑이었던 아홉 살 시절의 형을 원망하고 있는 게 아

101

닐까. 술이 취하지 않으면 견뎌낼 수 없었던 작은아버지의 인생이, 오직 아버지에게만 향했던 그의 분노가, 처음으로 애처로웠다."

아무 생각 없이 형을 자랑하고 싶었던 동생의 말 한마디에 아버지의 목숨이 사라져버렸다. 10살도 되지 않은 아이의 입에서 나온 말 한마디가 자신의 아버지를 이 세상에서 없애버리게 하고 만 것은 운명치고도 너무나 가혹한 것이었다. 그 치 떨리는 삶의 한 조각이 어느 누구의 평생의 삶을 헤어 나올 수 없는 구렁텅이로 빠뜨리고 만 것이었다.

"어머니의 옛 시동생 가족들이 아버지의 영정을 향해 절을 올리는 모습을 나는 어쩐지 처연한 마음으로 지켜보았다. 저들에게 내 아버지는 평생 함께할 줄 알았던 형수를 빼앗아 간 사람만은 아닐 터였다. 형의 친구이고 동지였으며, 운명이 조금만 달랐다면 형과 친구의 처지가 뒤바뀔 수도 있었다. 어쩌면 이건 어디에나 있을 우리네 아픈 현대사의 비극적 한 장면에 지나지 않을지도 모른다. 아버지가 대단한 것도, 그렇다고 이상한 것도 아니다. 그저 현대사의 비극이 어느 지점을 비틀어, 뒤엉킨 사람들의 인연이 총출동한 흔하디흔한 자리일 뿐이다."

시대의 비틀림이 사람들의 인연과 관계마저 완전히 혼돈 속으로 빠뜨렸고, 세월이 지나 이제는 그러한 것이 아무렇지도 않은 그저 평범한 삶의 일부가 되어 버리고 말았다.

그 사람이 아니었으며 내가 그 사람의 처지가 될 수도 있었다는 것을 이제는 받아들여야만 했고, 그렇게 받아들일 수밖에 없기에 이제는 그것이 아무렇지도 않은 일상의 모습이 되어 버렸다.

"아버지의 유골을 손에 쥔 채 나는 울었다. 아버지가 만들어준 이상한 인연 둘이 말없이 내 곁을 지켰다. 그들의 그림자가 점점 길어져 나를 감쌌다. 오래 손에 쥐고 있었던 탓인지 유골이 차츰 따스해졌다. 그게 나의 아버지, 빨치산이 아닌, 빨갱이도 아닌, 나의 아버지."

시대가 어떻든, 운명이 어떻든, 그래도 변하지 않는 것이 있었다. 너무나 무거운 시대 속에서 어떤 선택을 하건, 그 선택과는 무관한 것이 있었다. 그것은 아버지와 자식이라는 관계, 아마 그 관계는 어쩌면 시대보다도 더 커다랗고, 어떤 운명이건 그것을 뛰어넘는 가장 위대한 것인지도 모른다.

28. 세월을 이겨냈기에

한 번밖에 주어지지 않는 이 세상에서의 삶을 우리는 지금 어떻게 보내고 있는 것일까? 적지 않은 사람들을 만나지만, 지금 내 옆에는 누가 남아있는 것일까? 많은 일들을 겪으면서, 우리는 무엇을 할 수 있었고, 무엇을 하지 못했던 것일까? 하지 못했던 무언가에 대해, 후회스러운 일들에 대해 아직도 미련은 남아있는 것일까?

정지아의 〈풍경〉은 그 많던 주위 사람들이 다 떠나고 죽음을 앞둔 노모를 모시고 사는 나이 든 아들이 지나온 세월에 대해 돌아보는 이야기이다.

"일곱 살 때부터 그의 옆에 있었던 것은 어머니뿐이었다. 다섯 살 차이 나는 막내 형이 있었지만, 형은 홀연히 집을 떠났다가 돌아와 잠시 머물렀고, 그럴 때도 집에 있는 시간보다는 마을에 내려가 있는 시간이 더 많았다. 어머니가 밭일을 하면 어린 그는 밭 가장자리에서 꼬물거리는 벌레와 놀았고, 어머니가 밥을 하면 치맛자락을 붙들고 아궁이 속을 들여다보았으며, 몸이 여물기 시작하면서는 어머니와 함께 일을 했다. 그리고 늙은 뒤로는 그가 일을 하는 동안 노망든 어머니가 밭 가장자리에 멍하니 앉아 그를 기다렸다. 어머니는 늘 곁에 있었고, 외롭지는 않았다. 그렇다면 젊은 날 그는 무엇을 찾아 밤길을 내달리곤 했던 것일까."

아홉 명의 식구들 중 어머니 곁에는 막내아들만 남고 모두가 떠나버렸다. 자신들의 삶을 찾아, 더 나은 미래를 위해, 그렇게 모두 떠나버렸다. 늙은 어머니 곁에는 세상에 대해 아무것도 모르고, 인생에 대해 아무런 욕심도 없으며, 자신의 삶에 대해 원대한 포부도 없는, 지극히 평범하고 우직한 막내아들뿐이었다. 그는 때가 되면 밥을 먹는 것만으로도, 어머니 곁에 있는 것만으로도, 하나밖에 주어지지 않는 삶에 대해 만족했다.

"하우댁이 마루에 걸린 시계를 보았지만, 시계는 아홉 시에서 멈춰 있었다. 언제 멈춘 것인지는 모르겠으나 해 뜨면 일어나 아침 먹고 해 지면 자리에 눕는 생활이라 굳이 시계를 볼 이유도 없었다. 달력조차 보지 않은 지 오래였다. 날이 풀리고 개구리가 뛰어다니면 곡식을 심었고, 그것이 쑥쑥 자라 땡볕에 열매가 익으면 따 먹었으며, 날이 추우면 군불을 지피고 방에 들앉았다. 평생을 그렇게 살았다. 삼면이 산으로 둘러싸인 궁벽한 산촌, 그중에서도 마을과 동떨어진 외딴 집에서 하늘과 바람과 태양과 비와 안개와 더불어. 어머니와 함께 세상을 향해 열린 한 줄기 신작로를 바라보며."

노모와 나이 든 아들에게는 세월의 흐름을 알리는 시계마저 멈추어 있었다. 존재함으로 만족했기에 시간마저 의미가 없었기 때문이었다. 주어지는 대로 살아왔기에, 어떠한 일이 일어나건 그런 것에 연연해하지 않았다. 서로를 바라보며 그렇게 오늘을 살고 내일을 살았다. 서로에게 어떤 것을 바라지도 않고, 다른 무엇도 기대하지 않은 채 그저 함께 존재함으로 더 이상 바라지 않았다.

"그리움도 원망도 모두 잊고 어머니의 머릿속은 백지처럼 하얗게 비었다. 마지막까지 버리지 못했던 먹을 것에 대한 탐도, 배설의 본능도 어머니는 잊었다. 그런 어머니의 목숨 줄을 질기게 붙들고 있는 것이 대체 무엇인지 그는 때로 궁금하기도 하였다. 어쩌면 그것은 하나의 습관이리라. 먹고 싸는 본능마저 사라진 후에조차 버릴 수 없는, 기다림이라는, 평생의 서러운 습관. 노망든 어머니의 삼십 년은 기억을 쌓아가는 시간이 아니라 잃어가는 시간이었다. 먹고 자고 싸는 몸의 습관을 모두 잊은 어머니는 기다림이라는, 마음의 습관마저 모두 버린 어느 날, 비로소 이승의 문턱을 넘어 한생 빌려 입은 고단한 육신을 편히 누일 수 있을 터였다."

그렇게 세월이 흘러 이제는 기억마저 남아있지 않았다. 수많은 일을 겪었기에, 그 많은 일들이 이제는 더 이상 아무런 의미가 없었다. 죽고 사는 것 빼고는 삶은 그저 그만그만한 것일 뿐이었다. 어제 지낸 것처럼 오늘을 지내고 오늘 지낸 것처럼 내일을 지내는 것이 삶의 전부였을 뿐이었다. 그렇게 세월을 견디고 버티며 삶의 원리를 터득하게 되었다.

"내 새끼, 그래 한 시상 재미났는가?

그의 귀에 와 닿은 것은 분명 어머니의 음성이었는데, 순간 놀랄 시간도 없이 묵은 기억 하나가 기억의 어두운 심해에서 전기뱀장어처럼 하얀 불빛을 반짝이며 의식의 표면으로 꿈틀꿈틀 솟아났다.

어매, 나가 왜 세상에 나왔는 중 안가?

바삭바삭, 경쾌한 소리가 좋아 멍석에 깔린 콩대 위를 팔짝팔짝 뛰어 다니던 그가 어머니에게 물었다. 어머니는 멍석 한켠에서 콩대를 두드리는 중이었다. 낭자한 머리에 허옇게 먼지를 뒤집어쓴 어머니는 일손을 놓고 그를 바라보았다.

왜 나왔는니?

어매 뱃속에 있는디 되게 심심허잖애. 시상에 나가면 먼 재밌는 일이 있능가 글고 얼릉 나와부렀제.

아직 젊었던 어머니는 땡볕에 까맣게 그을긴 했으나 지금과 달리 윤기 흐르는 얼굴 가득 웃음을 피워 올리며 물었다.

내 새끼, 그래 시상에 나와봉께 재미난가?"

살아온 세상은 재미났던 것일까? 사랑했던 사람도 떠나고, 무언가를 크게 이루지도 못했고, 하고 싶었던 것도 다 하지 못했고, 바라는 것을 얻지도 못했건만, 그래도 살아왔던 이 세상은 재미있었던 것일까? 만나고 싶은 사람을 그리움만 지닌 채 더 이상 만나지도 못하고, 기다리던 사람이 돌아오지도 않음을 아는데도 불구하고 이 세상은 재미있었던 것일까? 절대 그렇지 않을 것이다. 하지만 그럼에도 불구하고 사랑하는 누군가와 한 순간이나마 함께 할 수 있었기에 재미 있었다고 착각하며 살았는지도 모른다.

"그는 담요 한 장을 어머니의 어깨에 덮어주었다. 얇은 담요조차 이겨낼까 싶게 어머니의 어깨는 앙상했다. 그림자 는 시시각각 짙어지는데 그는 밥할 생각도 잊고 어머니 곁 에 다시 앉았다. 노망든 어머니가 하루빨리 가기를 바란 적 도 없고, 오래 살기를 바란 적도 없었다. 해가 뜨면 새로 주 어진 하루를 살아내듯 곁에 있는 어머니와 함께 살아왔을 뿐이다. 어머니는 어머니였고 세상이었으며 유일한 동무였 다. 영원처럼 느리게 그러나 쏜살같이 빠르게 시간이 흘렀 다. 아랫마을부터 기어 올라온 어둠이 어머니와 그를 집어삼 키고 산 정상을 향해 달려갔다. 낡아 부스러질 듯한 두 개의 기둥처럼 어머니와 그는 세월을 버티고 있었다. 아직 달은 떠오르지 않았다. 잠시 후면 손톱 끝만한 그믐달이 어둠 속 으로 스며들 것이었다."

어머니의 마지막 가는 길에는 그밖에 없었다. 살가죽밖에 는 남아있는 것이 없는 어머니에게 오직 그만 옆에 존재하 고 있었다. 편하게 가시기를 소망하며 그는 어머니에게 담요 를 덮어 드렸다. 그 험한 시간들을 함께 했기에 눈물이 나련 마는 이제 눈물도 다 말라버려 흘릴 눈물마저 남아있지 않 았다. 그는 그렇게 세월을 이겨냈기에 생에 대한 미련이 없 었다.

29. 끝까지 옆에 있어 준 사람

　인간은 이기적 동물이다. 자기 자신이 모든 것의 중심이며, 자신을 기준으로 주위를 판단하고, 자신을 위해 모든 것을 분별하고 선택한다. 아무리 오래 같이 살았던 사람도 자신에게 이익이 되지 않는다면 버리고 헤어지는 경우가 대부분이다. 그 어떤 상황도 포용하고 받아들이는 사람은 극히 드물다.

　김영하의 〈오직 두 사람〉은 아버지의 상황이 어떠할지라도 끝까지 아버지의 옆에 남아있었던 딸에 대한 이야기이다. 물론 소설 속의 주인공도 한때는 아버지를 잠시 떠났던 적도 있었다. 하지만 그녀는 다시 아버지에게 돌아오고 아버지의 마지막까지 옆에서 그 자리를 지킨다. 하지만 그녀 외에 다른 가족은 아버지를 자신들과 맞지 않고 도움이 되지 않는다고 하여 외면하고 버렸다.

　"아빠가 돌아올 때쯤에는 마음이 좀 정리가 됐어요. 이젠 아빠와도 선을 긋도록 하자. 아무리 아빠가 부탁을 해도 안 되는 건 안 되는 거다. 나도 내 생활이 있다, 이렇게 결심을 했어요. 그런데 아빠가 술이 잔뜩 취해서 나타난 거예요. 문을 열자마자 거실 바닥에 몸을 던지듯이 쓰러지시더라고요. 아빠는 그렇게까지 만취하는 일이 드문 사람이에요. 좀 이상했죠. 결심이고 뭐고 다 잊어버렸어요. 왜 그러냐고, 무슨 일이 있었냐고 했더니, 이번에는 아빠가 울어요. 딸 앞에서 대성통곡을 하더라고요."

사랑의 크기는 그 사람의 어디까지를 받아들일 수 있느냐가 아닐까 싶다. 상대방보다 나 자신을 더 생각한다면 그것은 그를 그다지 사랑하지 않는다는 증거이다. 그 사람의 좋지 않은 면이 보인다면 이미 사랑의 마음은 그리 많지 않은 것이다. 어떤 일이 일어나더라도, 어떠한 상황이더라도 진정으로 그 사람을 사랑한다면 나의 것들이 잊혀질 수밖에 없을 것이다. 받아들이지 않으려 마음먹었어도 다시 받아들일 수밖에 없는 것, 사랑의 끈이 그만큼 단단하기 때문일 것이다.

"아빠가 쓰러졌다는 소식을 들었을 때, 분명히 알았어요. 내 삶의 더 커다란 결락, 더 심각한 중독은 아빠였다는 것을. 엄마나 현정이와 나누는 대화에는 어둠이 없어요. 밝고 따뜻해요. 특히 현정이는 모든 면에서 논리적이고 명쾌하죠. 외국어 같았어요. 왜 외국어로 말을 하면 좀 더 이성적이 된다잖아요. 아빠하고는 달라요. 저에게는 아빠가 모국어예요. 굳이 말을 하지 않아도 통한다는 느낌이 있어요. 좋고 나쁘고의 문제가 아니에요. 그냥 운명 같은 거예요."

그 사람의 좋고 나쁜 것을 분별하고 판단하는 것은 그 사람에 대한 사랑의 마음이 그리 크지 않기 때문이다. 그것은 커다란 사랑이 아니기에, 자신을 더 중요하게 여기는 것이기에 그렇다. 아무리 가족이라고 할지라도 그런 경우에는 이기적인 사랑일 뿐이다.

어떤 상황이더라도 있는 그대로 인정하고 그 십자가를 지고 갈 수밖에 없는 것이 운명이라는 것을 받아들이는 것, 그것인 진정으로 그 사람을 사랑하는 것이 아닐까?

"다들 충고들을 하지요. 인생의 바른길을 자신만은 알고 있다는 확신을 가지고서요. 친구여, 네가 가는 길에 미친놈이 있다니 조심하라. 그런데 알고 보면 그 전화를 받는 친구가 바로 그 미친놈일 수 있는 거예요. 그리고 그 미친놈도 언젠가 또 다른 미친놈에게 전화를 걸고 있는 거예요. 인생을 역주행하는 미친놈이 있다는데 너만은 아닐 줄로 믿는다며. 그 농담의 말미처럼 인생에서 맞닥뜨리는 미친놈은 아마 한둘이 아닐 거고 저 역시 그중 하나였을 거예요."

대부분의 경우 사람들은 자신이 중심이 된다. 주위의 모든 것을 자기의 기준으로 생각하고 판단하며, 그것이 옳다고 주장하고 행동한다. 하지만 자신이 가지고 있는 그 기준은 오직 자신에 해당할 뿐이다. 그것은 결코 옳은 것이 아니며, 무언가를 판단할 절대적 기준이 아님에도 불구하고, 이를 묵과한 채 그 기준으로 사람을 판단하고 세상을 살아간다. 아쉽지만 자신에게 주어진 모든 시간 속에서 일어나는 것들을 그렇게 판단한다.

"저도 알아요. 한 번도 살아보지 않은 삶이 저를 기다리고 있다는 것을요. 그런데 그게 막 그렇게 두렵지는 않아요. 그냥 좀 허전하고 쓸쓸할 것 같은 예감이에요. 희귀 언어의 마지막 사용자가 된 탓이겠죠."

아버지는 이제 떠났다. 운명처럼 그동안 삶을 함께 했지만, 이제는 더 이상 아버지는 존재하지 않는다. 다른 사람들은 다 떠났지만, 딸은 아버지 곁을 끝까지 지켰다. 아버지의 모든 것을 받아들이고, 있는 그대로 인정하며, 그 모든 것을 운명으로 받아들였다. 진정으로 아름다운 사랑은 그 대상이 어떠한 사람일지라도, 어떤 상황에서도, 끝까지 옆에서 지켜주는 사람이 아닐까 싶다.

30. 좋은 시간도 언젠간 지나간다

좋은 시절이 계속되리라는 것은 꿈일 뿐이다. 그러한 것은 이 세상에 존재하지 않는다. 모든 것은 잠시일 뿐이다. 좋은 것도 시간이 지나면 사라지고, 힘들고 어려운 것도 어느 정도 지나면 없어지고 만다.

어떤 사람과의 좋은 관계도 시간의 흐름 속에 묻힐 뿐이다. 사람도 변하고 감정도 변한다. 영원하리라 꿈꾸었던 사랑도 강물같이 흐르는 시간 속에 녹아버린다.

양조위와 장만옥이 주연한 〈화양연화〉는 우리에게 잊지 못할 좋은 시절도 있지만, 그 또한 지나가게 마련이고, 그 좋았던 시간들은 마음속에 추억으로 남아있을 뿐이라는 사실을 깨닫게 해준다.

모완(양조위)과 리첸(장만옥)은 같은 처지였기에 이해할 수 있었다. 인생의 결이 같았기에 그 결에 자신들의 감정이 올려졌는지도 모른다. 그렇게 그들은 또 다른 진심 어린 사랑을 했고, 인생에서 가장 좋은 가슴 시린 시절을 맞이할 수 있었다.

하지만 그 좋은 시절도 어느덧 시간의 흐름 속에 사라져 갔다. 잡고자 했으나 잡히지 않는 운명의 여신이 그들을 그저 그리워하는 존재로만 남겨지게 만들었다. 그들에게 있어서 그 좋은 시절은 가슴에 영원히 묻혀 버리게 된 사랑일 수밖에 없었다.

〈Quizas, Quizas, Quizas〉

Siempre que te pregunto
Que, cuándo, cómo y dónde
Tú siempre me respondes
Quizás, quizás, quizás

Y así pasan los días
Y yo, desesperando
Y tú, tú contestando
Quizás, quizás, quizás

Estás perdiendo el tiempo
Pensando, pensando

Por lo que más tú quieras
¿Hasta cuándo? ¿Hasta cuándo?

Y así pasan los días
Y yo, desesperando
Y tú, tú contestando
Quizás, quizás, quizás

Estás perdiendo el tiempo
Pensando, pensando
Por lo que más tú quieras
¿Hasta cuándo? ¿Hasta cuándo?

Y así pasan los días
Y yo, desesperando
Y tú, tú contestando
Quizás, quizás, quizás

당신이 나를 사랑하는지 안하는지
내가 어떻게 알겠어?
물을 때마다 넌 항상 내게 이렇게 대답을 하니
"아마도,, 아마도..아마도.."

수만 번 물어보고
또 물어보아도
당신은 오로지 똑같은 대답
아마... 아마도 ... 아마도...

당신이 결정을 못한다면
우리는 다시 시작하지 못할거야
그리고 나 역시 다시 하고 싶지 않고
마음의 상처만 가지고 헤어지게 될 거야

하지만 당신이 진정으로 "예" 라고 해도
혹은 만약 당신이 아니라고 말하고 싶어도
제발 나에게
아마도 라는 말은 하지 마세요

당신이 결정을 못한다면
우리는 다시 시작하지 못할거야
그리고 나 역시 다시 하고 싶지 않고
마음의 상처만 가지고 헤어지게 될 거야

하지만 당신이 진정으로 "예"라고 해도

혹은 만약 당신이 아니라고 말하고 싶어도
제발 나에게
아마도 라는 말은 하지 마세요
아마도, 아마, 아마

31. 행복과 불행의 양태

"행복한 가정은 고만고만하지만, 불행한 가정은 그 불행의 모양이 저마다 다르다."

톨스토이의 소설 〈안나 카레니나〉에 나오는 말이다. 이는 가정뿐만 아니라 개인에게도 해당될 것이다. 우리는 대부분 행복을 추구하지만, 우리의 인생을 결정하는 것은 불행일지도 모른다. 문제는 그 불행이 인간의 한계와 예상을 넘는다는 데에 있다. 그렇다면 내가 할 일은 행복에 대한 관심보다는 나에게 닥칠 불행에 대해 대비하고 그러한 불행을 이겨나갈 방법을 찾는 것이 현명한 것이 아닐까 싶다.

하지만 주위의 가까운 사람이 겪는 불행을 보고서도 나에게는 그러한 일이 일어나지 않으리라 생각하게 된다. 다른 사람에게 일어난 커다란 불행에 가슴 아파하면서도 나도 그러한 것을 경험할 수 있으리라는 것을 심각하게 생각하지는 않는다. 나에게는 불행보다는 행운이나 행복이 기다리고 있으리라 기대하곤 한다.

그렇다 보니 전혀 예상하지 않은 시기에 아무런 준비도

하지 않고 있는 상황에서 불행을 겪게 되면 전혀 감당하지 못한 채 그 불행에 나의 많은 것을 잃고 만다.

부족할 것 없을 것 같은, 매일 행복할 수밖에 없을 것 같은 안나가 그 뜨거웠던 사랑을 잃고, 사회에서 매장을 당하며, 사생아를 낳고, 죽을 고비를 넘기며, 삶의 의지마저 잃은 채, 결국 자살을 하리라는 것을 그 누구도 예상하지 못했을 것이다.

행복할 수 있을 조건이 모든 것을 보장하지는 않는다. 그럼에도 불구하고 우리는 그만그만한 행복을 추구하고, 그것이 전부인 양 매일 그러한 행복을 성취하기 위해 정신없이 살아가고 있을 뿐이다.

어쩌면 안나는 자신의 삶을 스스로 끊었기에 더 커다란 불행의 양태를 경험하지 못한 것일 수도 있다. 불행의 크기와 깊이는 우리가 전혀 잴 수 없는 모습으로 우리의 인생의 바닥까지 밀어낼 수도 있으며, 더 이상 감당할 수 없을 한계의 끝까지도 경험하게 만들 수도 있다.

불행이 무서운 것은 우리의 영혼마저 사막의 한복판으로 이끌 수 있기 때문이다. 그런 경우 우리는 주어진 시간 동안 모래바람 날리는 그러한 영혼을 가진 사람으로 살아가게 될지도 모른다. 그 어떤 삶의 아름다움도 없이, 더 이상의 기대와 희망도 없이 그렇게 살아가게 될 수도 있다. 불행의 모양이 저마다 다른 것은 이런 이유 때문이다.

불행을 경험하지 않고 살아가는 사람은 없다. 삶은 우리에게 그만큼의 시간을 주기 때문이다. 중요한 것은 나에게 닥친 불행이 더 이상 커지지 않고 더 험악한 모습으로 되지 않도록 그 불행의 양태를 알아차리고 이를 나의 삶에서 사라지도록 그 방법을 찾아 최선을 다해야만 한다는 것이다.

행복은 지금 나에게 주어진 것으로 조금만 노력한다면 충분히 얻을 수 있다. 그렇기에 톨스토이는 행복의 모습을 고만고만하다고 한 것이 아닐까 싶다.

독일로 요양을 갔다가 돌아온 키티는 그녀가 사랑하는 사람을 잃었지만, 그 정도에서 불행을 막아낼 줄 알았다. 그녀의 내면이 그것을 해낼 수 있었기 때문이었다. 그로 인해 키티는 더 이상의 불행 없이 고만고만한 행복한 삶을 살아갈 수 있었다.

불행을 알아볼 수 있고 이를 이겨낼 수 있는 내면의 힘은 더 이상의 다른 양태의 불행에서 벗어나 우리에게 일상의 행복을 가져다준다는 것을 안나는 몰랐기에 충분히 행복할 수 있는 조건이 있었음에도 불구하고 그렇게 삶을 마감할 수밖에 없었다.

32. 환영받지 못하는 사람

　나는 주위에서 환영을 받는 사람일까? 혹시 다른 사람에게 피해를 주거나 도움이 되지 못하는 것은 아닐까? 다른 사람들에게 있어 나는 반가운 존재인 것일까? 성석제의 〈내 고운 벗님〉은 오랜 세월을 함께 했음에도 불구하고 결코 환영받지 못하는 한 친구에 대한 이야기이다.

　"낚시만 그런 줄 알아? 아냐. 골프도 그래. 드라이버, 잔디의 성질, 날씨, 바람의 방향, 골프 치는 사람, 캐디, 골프장 소유자, 게임에 걸린 돈, 이거 전부 조건 아닌가. 골프만 그러냐. 아냐. 전쟁도 마찬가지야. 병력, 장비, 수송, 화력, 작전, 참모, 지휘부 이거 전부 조건이야. 전쟁은 조건이란 말이야. 내 말 듣고 있어? 잘 들어. 인생은 조건이다. 인생은 조건. 인생은 조건이란 말이다. 알아들어? 야, 임마 너 도대체 무슨 생각하는 거야, 이 새키가. 내가 얘기하고 있는데 눈깔을 어디로 돌리고, 야 이 씨부랄 놈아. 이 캐애새키가 뒈질라고 환장을 했구만."

　어떤 사람이 환영받지 못하는 데는 그 이유가 있을 수밖에 없다. 이를 인식하는 사람이 있는가 하면 그렇지 못하는 사람도 있다. 자신이 환영받지 못한다는 것을 모르는 것만큼 슬픈 일도 없을 것이다. 왜냐하면 그는 어쩌면 평생 많은 사람으로부터 따뜻함이나 편안함을 느끼지 못할 수 있기 때문이다. 반면에 어디를 가도 환영받는 사람도 있다. 많은 사람들은 그가 오면 반기고 기뻐한다. 이러한 차이는 무엇 때문인 걸까?

누구와 함께 어울린다고 함은 자신의 생각과 마음을 어느 정도 내려놓아야 가능하다. 아무리 자신이 옳다고 생각하더라고 이를 고집하는 한 환영받지 못한다. 모든 사람은 각자 나름대로의 생각이 있기 때문이다.

"낚시는 끝났다. 대위를 택시를 대절해서 가버렸다. 왔을 때처럼 손가방 하나만 들고 가버렸다. 쓰레기며 쓰레기봉투며 낚시대며 텐트며 침낭이며 파라솔이며 릴, 낚시줄, 찌, 캐미라이트, ..., 칼, 랜턴을 남기고 가버렸다. 떡밥이며 새우며 지렁이며 구더기며 글루텐이며 혼전만전 내버려 놓고 가버렸다. 윙윙 금빛 파리떼가 꼬이는 곳마다 변덩이와 휴지를 남겨놓고 가버렸다. 정통낚시에서 화투를 섞던 어영만이 말했다.

'가줘서 고맙네요이. 그 새끼, 미쳤어도 가주니 참말로 고맙지라.'

새 화투판을 둘러싸고 둥글게 모여 앉은 모두들 머리를 끄덕댔다. 한둘은 한숨을 내쉬었다."

많은 사람들은 그를 환영하려 노력했다. 그에게 많은 배려를 했고, 따뜻한 마음을 전하려 했다. 나름대로 최선을 다해 그를 위해 베풀었지만, 그는 자신의 생각에 사로잡혀 다른 이들을 배려하지 않았다. 오직 자신이 옳다는 관념에 사로잡혀 모든 것을 자신을 기준으로 생각하고, 말하고 행동했을 뿐이었다.

결코 다른 사람의 생각이나 마음을 이해하려고 하지도 않았고, 각자 독립된 존재로서의 다름을 받아들이지 않았다. 자신이 알고 있는 것, 생각하는 것이 절대적으로 옳다는 편견에 사로잡혀 있었다.

인간은 홀로 있을 때도 있지만, 다른 사람과 함께 해야 하는 경우도 많다. 환영받지 못하는 존재라면 다른 사람과 어울릴 때 느낄 수 있는 삶의 기쁨이나 즐거움을 얻을 수가 없다. 나와 다른 면을 조금만이라도 받아들인다면, 그와 함께 하는 데 있어 많은 행복을 누릴 수 있는데도 불구하고 이를 스스로 포기하는 것과 마찬가지이다. 어울림은 나와 독립적인 존재의 다름을 받아들이는 것에서 시작되는 것이 아닐까?

33. 그 사람을 보낸 후

무거운 인연이라 하더라도 오래가지 못하는 경우가 있다. 원하지 않는데도 떠나보내야 하며, 바라지 않는데도 작별을 해야 하는 그러한 인연, 그럼에도 불구하고 살아가야 하는 것이 우리의 인생인지 모른다.

최은미의 〈보내는 이〉는 마음을 나눌 수 있었던 유일한 사람을 떠나보내는 삶의 원하지 않는 단면에 대한 이야기이다.

"8년여를 봐오면서도 진아 씨에 대해서 아무것도 몰랐구나 싶을 만큼 진아 씨는 단기간에 나에게 쏟아져 들어왔다. 나는 성큼성큼 빨아들였다. 진아 씨한테 빠져들어 갔다. 정신을 차리기가 힘들었는데, 실은 정신을 차리고 싶지도 않았다. 나는 예전부터 그런 편이었다. 좋아할 만하다 싶으면 쉽게 마음을 주었다. 마음을 먹고, 마음을 주고, 그런 후에는 전력을 다했으며, 다한 만큼 욕구가 충족되지 않으면 상처를 받고, 더 나아가면 남몰래 앙심을 품었다."

살아가면서 만나게 되는 많은 사람들 중에 진정으로 마음을 나눌 수 있는 사람은 그리 많지 않다. 마음을 줄 수 있는 인연이 있다는 것 자체가 어쩌면 축복인지도 모른다. 그러기에 그의 존재에 어쩔 수 없게 되고, 그로 인해 상처를 받기도 한다. 하지만 그러한 상처를 받는다고 할지라도 인연의 무거움이 그 모든 것을 넘어서기 마련이다.

"그러니까 뭐가 어떻게 힘든데. 진아 씨 사정은 뭔데. 너도나도 비슷하게 겪는 그런 거 말고 난 진아 씨만의 질감을 원해. 조금 더 간질간질한 디테일을 나한테 달라고. 진아 씨. 맘카페에서 모르는 여자들이랑 나누지 말고 나랑 나눠. 우리가 특별한 사이라는 걸 조금만 더 느끼게 해줘. 나는 다른 거 안 바라. 무심코라도 하루 안부 물어주는 거. 하루에 10분쯤은 온통 그 사람한테만 집중해주는 거. 남편이랑은 이제 못하는 거. 남편 때문에 다른 사람이랑도 못 하게 된 거. 그걸 나랑 하자."

인생은 홀로서기이지만, 그래도 바라볼 수 있는 존재가 있다는 것은 행운이다. 그러한 사람을 이생에서 만났기에 살아갈 이유가 하나 더 존재한다. 그가 어떠한 형편에 있건 그것은 중요한 것이 아니다. 그러한 사람과 오래도록 더 많은 시간을 누리면 좋겠지만 삶은 우리에게 그러한 것을 쉽게 허락하지도 않는다.

"진아 씨, 잘 지내는지. 이제는 고무장갑을 냉장고에 넣지 않아도 녹지 않는 가을이 되었어. 어느 날은 이런 말로 시작하는 꽤 긴 얘기도 쓴다. 진아 씨, 어렸을 때 내 별명은 영지버섯이었어. 식탁에 앉아 써내려가다 보면 저만치에서 여전히 슬라임을 만지고 있는 나의 윤이가 보인다. 그러면 어쩔 수 없이 진아 씨네 집이 떠오르고 나는 달랠 길 없는 마음을 안고 아이 곁에 가서 앉는다."

모든 인연은 언젠가 끝나기 마련이다. 아무리 마음을 나눌 수 있었던 소중한 사람이라고 할지라도 영원히 지속되는 인연은 존재하지 않는다. 아쉽다고 할지라도 더 오래 지속되기를 진정으로 원한다고 할지라도 그 사람을 떠나보낼 수밖에 없는 것이 현실이다. 삶은 어쩔 수 없으므로 가득하기에, 나의 마음이 닿았던 그 인연의 끝남 또한 받아들여야만 하는 것이 우리의 인생일지 모른다.

34. 모든 것에서 자유롭기 위하여

우리가 살아가면서 최악의 것은 무엇일까? 사람마다 다르겠지만 각자에게 최악의 것은 존재할 것이다. 소중한 사람을 잃는 것이 최악일 수도 있고, 사랑하는 사람과 헤어지는 것이 최악일 수도 있을 것이다. 오래도록 건강하기를 원하지만 커다란 병에 걸리는 것이 최악일 수도 있으며, 갑자기 죽음을 가까이 경험하는 것이 최악일 수도 있을 것이다.

중요한 것은 그러한 최악의 것을 어떻게 할 것인지에 대한 나의 태도가 아닐까 싶다. 최악의 것을 받아들일 수 있다면 어떠한 일이 나에게 일어나더라도 그 모든 것에서 자유로울 수 있을 것이다.

바라지 않았던 것, 원하지 않았던 것, 피하고만 싶었던 것, 절대 부딪히고 싶지 않았던 것, 나에게 결코 일어나지 않으리라 믿었던 것, 그러한 것들이 나에게 다가오더라도 최악의 것을 겪고 그것을 받아들인 이후라면 전혀 문제가 되지 않을 것이다.

왜냐하면 가장 좋지 않은 것을 받아들였기에, 더 이상 나를 힘들게 하거나 고통스럽게 하거나, 아프게 하는 것이 없기 때문이다.

만약 그렇게 된다면 모든 것에서 자유롭고, 모든 것에 연연하지 않으며, 모든 것에서 힘들거나 괴롭지 않을 수 있을 것이다. 나에게 어떤 일이 일어나도 더 이상 그러한 것에 마음 상하거나 그것으로 인해 나의 내면에는 어떠한 일도 일어나지 않을 것이다. 그저 잔잔한 호수처럼 매일 그렇게 고요하게 살아갈 수 있지 않을까 싶다.

물론 최악의 것을 받아들이는 것이 쉽지만은 않을 것이다. 하지만 그것을 받아들일 수밖에 없는 상황이 생기게 된다면 어떻게 할까? 누군가는 끝까지 거부하겠지만, 누군가는 모든 것을 내려놓고 받아들일 것이다.

삶은 특별하지만 그렇다고 엄청난 것도 아니다. 인생은 아름답지만 그렇다고 해서 집착할 만한 것도 아니다. 모든 것은 다 그만그만할 뿐 그저 존재하는 것으로 충분할 뿐이다.

최악의 것을 직접 경험할 수도 있지만 그렇지 않을 수도 있다. 물론 생각만으로 최악의 것을 받아들이는 것은 마음처럼 되지는 않을 것이다. 하지만 최악의 것을 직접 경험하기 전에 그것을 받아들인다면 정말 커다란 삶의 단계를 넘어서는 것이 아닐까 싶다. 물론 주위에서 그러한 사람을 아직 만나보지는 못했다.

이제는 모든 것에서 자유롭고자 한다. 주위의 사람에게서

도, 종교에서도, 죽음에서도, 삶에서도, 그 모든 것에서 자유
롭고 싶다. 물론 지금 모든 거에서 그것이 가능하지는 않다
고 하더라도 점점 그럴 수 있도록, 그러한 길을 갈 수 있도
록 하려고 한다. 주어진 삶이 극히 짧다는 것을 너무나 잘
알기에 더 이상 지체하지 않고, 그 모든 것에서 점점 자유롭
게 나머지 주어진 시간을 채워가고자 한다.

35. 삶과 나

　선조 22년인 1589년 정여립 역모 사건이 발생하였을 때 이에 가담한 사람들 중에 승려 출신이 많았고, 역모의 본거지가 계룡산과 구월산이어서 당시 불교계는 커다란 곤경에 처하게 된다. 이때 포도청에서 문초를 받던 무업이라는 자가 서산대사 즉, 휴정과 그의 제자인 유정을 무고한다. 감옥에 갇힌 서산대사의 의연한 태도에 선조는 그를 즉각 석방시켰다. 휴정의 비범함을 알아본 선조는 그의 시집을 직접 읽고는 감명을 받아 손수 휴정에서 시를 하사하고 그의 억울함을 위로한 뒤 산으로 돌려보낸다.

　3년 후인 1592년 임진왜란이 일어나고, 왜군은 순식간에 동래를 무너뜨리고 무서운 기세로 북상을 한다. 당시 조선의 군대 수준은 부역을 하다 전쟁이 나면 옷만 갈아입고 전투에 임하는 것이라서 수십 년간 내전을 겪으며 매일 전쟁을 벌였던 일본의 소위 "사무라이" 병사들과는 비할 바가 되지 못했다. 조선 군대는 왜군에 제대로 대응조차 하지 못한 채 계속 패하기만 했고, 선조는 한양을 버리고 의주까지 피난할 수밖에 없었다.

의주에서 선조는 묘향산에 있던 서산대사가 갑자기 생각이 나서 그를 의주로 불러들였고, 그에게 불교계가 위기에 처한 나라를 구하는 데 도움을 줄 것을 당부한다. 이에 서산대사는 온 나라에 있는 사찰을 통해 모든 것을 제쳐두고 나라를 위해 거병하자는 격문을 띄운다. 당시 서산대사의 나이 75세였다. 불교계의 모든 지지를 받고 있었던 서산대사의 격문은 온 나라 승려들의 마음을 울려 즉각 5,000명에 해당하는 승군이 조직된다. 당시 불교계는 위계 체계와 인적 조직이 조선 군대보다 뛰어났다.

영규대사가 이끄는 승군이 임진왜란이 발생하고 나서 처음으로 조선의 승전보를 올렸다. 서산대사는 직접 1,500명의 승군을 이끌고 명나라 원병과 함께 평양성을 탈환하는 데 성공하게 된다. 당시 명나라 제독 이여송마저 서산대사를 비롯한 승군의 활약에 감탄을 한다. 이렇게 2년의 활동 후 서산대사는 나이로 인해 더 이상 전쟁에 참여할 수가 없어 제자인 사명대사 유정 등에게 자신의 일을 맡기고 다시 묘향산으로 돌아간다.

평생을 불교에 몸을 담아 수행을 하고 75세의 나이에 국가를 위해 자신의 할 일을 한 후 그는 다시 산속에서 그의 마지막을 준비한다. 그가 쓴 "인생"이라는 시가 있다. 이 시는 "해탈시"라고 불리기도 한다. 그가 달관한 인생이 이 시에 녹아 있다.

〈인생〉

근심 걱정 없는 사람 누구인가?
출세하기 싫은 사람 누구인가?
시기 질투 없는 사람 누구이며
흉허물 없는 사람 어디 있겠나?

가난하다 서러워 말고
장애를 가졌다 기죽지 말고
못 배웠다 주눅 들지 말며
세상살이 다 거기서 거기외다

가진 것 많다 유세 떨지 말고
건강하다 큰소리치지 말고
명예 얻었다 목에 힘주지 마소
세상에 영원한 것은 없더이다

잠시 잠깐 다니러 온 세상
있고 없음으로 편 가르지 말고
잘나고 못남을 평가하지 말고
얼기설기 어우러져 살다나 가세

다 바람 같은 거라오

뭘 그렇게 고민하오
만남의 기쁨이건
이별의 슬픔이건
다 한순간이오

사랑이 아무리 깊어도
산들바람이고
외로움이 아무리 지독해도
눈보라일 뿐이오

폭풍이 아무리 거세도
지나가면 고요하고
아무리 지극한 사연도
지난 뒤엔
쓸쓸한 바람만 맴돈다오
세상 다 바람이라오

버릴 것은 버려야지
내 것이 아닌 것을
가지고 있으면 무엇하리오

줄 게 있으면 줘야지
가지고 있으면 무엇하리오
내 것도 아닌 것을

삶도 내 것이라고 하지 마소
잠시 머물다 가는 것일 뿐인데
잡아 둔다고 그냥 있겠소

흐르는 세월 붙잡는다고
아니 가겠소
그저 부질없는 욕심일 뿐

삶에 억눌려 허리 한번 못 펴고
인생 계급장 이마에 붙이고
뭐 그리 잘났다고
남의 것 탐내시오

훤한 대낮이 있으면
까만 밤하늘도 있는 법
낮과 밤이 바뀐다고
뭐 다른 게 있겠소

살다 보면 기쁜 일도 슬픈 일도 있다마는

잠시 대역 연기하는 것일 뿐
슬픈 표정 짓는다 하여
뭐 달라지는 게 있겠소
기쁜 표정 짓는다 하여
다 기쁜 것만은 아니오

내 인생 네 인생 뭐 별거랍니까
바람처럼 구름처럼 흐르고 불다 보면
멈추기도 하지 않소
인생이 다 그런 거라오

삶이란 한 조각구름이 일어남이오
죽음이란 한 조각구름이 스러짐이오
구름은 본시 실체가 없는 것
죽고 살고 오고 감이 모두 그와 같을 뿐

　　서산대사는 우리나라 불교의 역사에서 삼국시대 원효대사
와 고려시대 지눌 대사를 잇는 가장 역사적인 불교계 인물
중 한 명이다. 그는 묘향산에 돌아간 후 다시 수행을 하며
지내다 선조 37년 열반에 든다. 불교에 입문한지 67년 만이
었다. 그때 마지막으로 시를 한 수 짓는다.

八十年前渠是我(팔십년전거시아)
八十年後我是渠(팔십년후아시거)

80년 전에는 저것이 나이더니
80년 후에는 내가 저것이로다.

  위의 인생시와 아래 서산대사가 마지막으로 남긴 시를 보면 인생은 실체가 없고 영원한 실체는 나일뿐이라는 뜻이 아닐까 싶다. 그의 깊은 인생관에 경의를 표하고 싶을 뿐이다.

36. 우리 삶은 결함의 함수일 수도

모든 사람은 약점이 있기 마련이다. 약점은 사실 알고 보면 별것이 아닐 수도 있지만, 삶은 그 약점으로 인해 달라질 수가 있다. 운명은 그 어떤 것으로도 변할 수 있기 때문이다. 그것이 어쩌면 우리 인생의 슬픈 이면일지도 모른다.

오뎰로와 데스데모나는 완벽한 사랑이 가능하다고 생각했다. 서로를 너무나 아끼기에 사회의 관습을 넘어설 만큼의 사랑이었기 때문이다.

오뎰로는 무어인이었다. 그것을 자신의 약점이라고 생각하지도 않았고 열등감도 없었다. 하지만 삶은 그 여정에서 전혀 예측하지 못한 사건이 일어나기 마련이다. 약점이 아니라고 생각했던 것이 결국은 약점이 되어 버리고 말았던 것이다. 자신은 그러한 열등감이 없을 것이라 생각했지만 무의식 중에 자신도 모르는 내면의 깊은 곳에 그러한 것이 숨어 있었다. 평상시에는 아무런 문제가 되지 않았지만 조그만 사건으로 인해 숨어 있었던 삶의 올가미에 걸리고 말았던 것이다.

　"오델로 : 데스데모나가 도저히 길들일 수 없는 매라는 것을 확실히 알게 되면, 만일 마음속에 꼭 잡아매 놓고 싶더라도 나는 휘파람을 불며 깨끗이 놓아줘야지. 돌아오지 않도록 바람 부는 쪽으로 날려 보내고 제멋대로 먹이를 찾게 해야지. 혹시 내가 피부색이 검고 한량들같이 고상한 사교술이 없다고 해서, 또는 내 나이가 이미 한창때를 지났다고 해서, 그녀가 날 버릴는지도 모르지. 결국 모욕을 당한다면, 나를 구하는 길은 그녀를 미워하는 거야. 아, 결혼이란 원망스럽구나. 상냥한 여자를 입으로는 제 것이라고 하면서 그 여자의 욕망은 갖지 못하거든! 사랑하는 사람을 남의 자유에 맡겨 놓고, 자기는 한 모퉁이나 차지할 바에야 차라리 두꺼비가 돼서 땅속 구멍에서 습기나 마시고 사는 것이 낫지."

　예상치 못한 일로 의한 오델로의 의심은 삶을 삼켜버릴 수 있을 만큼 증폭되었다. 그로 인해 오델로와 데스데모나의 온전했던 사랑은 결국 파멸로 이르게 된 것이다.

　"오델로 : 하지만 죽여야 한다. 그렇지 않으면 또 남자를 속일 거다. 먼저 이 불을 끄고, 그러고 나서 목숨이 불도 꺼야지. 하지만 타오르는 촛불아, 나는 너를 한번 꺼도 뉘우치면 다시 켤 수도 있지. 그렇지만 정묘한 자연이 만든 아름다운 네 육체 속에 타고 있는 불은 한번 꺼버리면 결코 다시는 켤 수 없지. 프로메테우스의 불을 찾아 어디를 헤매야 되나. 한번 꺾이면 장미는 이제 영영 살아날 길이 없어. 시들어 버릴 수밖에 없지. 아직 가지에 있을 때 향기를 맡아 보자. (.....) 누가 운명을 움직일 수 있단 말인가? 이젠 글렀소. 칼을 가지고 있어도 무서워 마시오. 이제 내 인생길은 끝났소."

우리는 살아가면서 우리의 약점을 최소한 해야 한다. 그렇지 못하면 비록 사소한 약점이라 할지라도 그것은 커다란 변수로 돌변하여 우리의 삶이 완벽히 다른 결과를 만들어 내는 함수가 될 수 있기 때문이다.

우리의 약점을 스스로 컨트롤하지 못하는 한 우리는 그것에 예속되기 쉽다. 그로 인해 우리의 인생은 전혀 예상하지 않았던 방향으로 흘러갈 수 있다. 삶은 그만큼 우리의 능력 밖에 존재할 수 있기 때문이다. 그것은 슬프지만 인정할 수밖에 없는 현실이다.

37. 알파의 시간

　우리의 삶은 부분 시간의 집합체가 아닐까? 그 부분적인 시간은 각각 다른 의미로 다가올 수밖에 없다. 아무리 이해하려고 해도 이해할 수 없는 것도 있고, 오래도록 기다리기만 해야 하는 시간도 있고, 계속되기를 바라지만 결국 끝나버리고 마는 시간도 있다. 이유야 어찌 되었든 우리의 인생은 그런 모든 시간의 총합일 수밖에 없다.

　하성란의 〈알파의 시간〉은 엄마의 삶에서 이해할 수 없는 부분적 시간이 있었지만, 그 시간 또한 엄마의 인생을 위해 필요했던 시간, 즉 알파의 시간이라는 것을 이야기하는 소설이다.

　"엄마의 기억은 크리스마스트리의 점등 장식처럼 수시로 점멸했다. 엄마는 막내 건희 아빠만 집 안에 들어서면 배시시 웃었다. 몸을 배배 꼬고 콧소리도 냈다. 대지의 심장 소리를 들어라. 러시아 시의 시구 같은 문장을 읊어대다가도 별안간 주먹으로 가슴을 쾅쾅 치며 울었다. '여기로 알아달라구, 여기로.' 엄마는 먹는 시늉만 하고 뱉어낸 약을 싼

티슈나 코를 풀고 가래를 뱉은 티슈를 돌돌 뭉쳐 매트리스 밑이나 베개 밑에 숨겨두었다. 여기저기를 들춰가며 티슈 뭉치를 찾아내던 막내가 날 불러세웠다. '누나, 엄마가 아까부터 뭐라 중얼거리는데 통 알아들을 수가 없어. 뭐라는 거야?"

인생의 막바지에 다다른 엄마, 엄마는 치매를 앓고 있기에 이 세상에서 보내야 할 시간은 그리 많이 남아 있지 않았다. 엄마의 인생에서 수많은 시간이 있었지만, 그 굴곡진 시간을 거쳐 여기에 이른 것은 부인할 수 없었다. 어떤 시간을 거쳐 엄마는 여기까지 왔던 것일까?

"엄마의 가게는 좀처럼 매상이 오르지 않았다. 똑같은 곳에서 대주니 그 맛이 그 맛일 텐데도 사람들은 엄마네 가게를 지나쳐 다른 가게로 갔다. 단골이 생길 때를 기다려야 했다. 밤이 되면 엄마는 팔리지 않은 순대와 간, 어패류가 든 스뎅 다라이를 이고 집으로 돌아왔다. 뚱뚱한데다 커다란 다라이까지 인 엄마가 폭 좁은 철제 계단을 밟아 옥상에 올라올 때면 간이 졸았다. 한창 크는 애들 넷이 먹어 치우기에도 적잖은 양이 늘 남았다. 우리가 잠든 뒤에도 엄마는 한참 부엌에서 서성거렸다. 소금을 넣어 꼬막을 닦고 설탕을 넣어 간장에 조렸다."

남편의 파산으로 인해 모든 재산은 날아가고, 집 나간 남편은 언제 돌아올지 모른 채 엄마는 네 명의 자식을 혼자 키워가야만 했다. 시장 한복판에서 아무런 경험 없이 시작한

가게는 결코 쉽지 않았고, 너무나 힘든 시간의 연속이었다. 그런 시간이 어느 정도 지나야만 하는 것일까? 기다리고 버텨야 하는 시간, 즉 알파의 시간은 반드시 필요한 것일까?

"한 여자가 달려들어 엄마의 다리에 발을 걸었다. 한참 용을 쓴 뒤에야 수령 많은 나무가 쓰러지듯 엄마가 우지끈 넘어졌다. 여자들이 우르르 달려들었다. 엄마는 여자들에게 뭇매를 맞았다. 주먹이 쏟아질 때마다 큰 덩치가 움찔움찔했다. 누가 어름집 여자인지 알 수 없었다. 한 여자가 엄마의 머리카락을 휘어잡아 흔들었다. 엄마의 눈이 내 눈과 마주쳤다. 엄마는 휙 고개를 돌려버렸다. 그때 나는 맞은편 건어물 가게의 차양 아래서 이 광경을 보던 쌍둥이 중의 하나가 몸을 휙 돌려 시장 골목을 뛰쳐나가는 것을 보았다. 어제 돌아오지 않은 쌍둥이인지 새벽녘까지 엄마를 기다리던 쌍둥이인지 알 수 없었다. 아마 나는 끝까지 엄마를 가슴으로 이해하지 못하는지도 모른다. 그해 봄에서 여름까지의 오 개월이 내게는 발 하나짜리 돼지의 공포였지만 엄마에게는 붉고 푸르던 고명의 시절이었을까, 아직까지 나는 머리로만 이해할 뿐이었다."

집 나간 남편은 아무리 기다려도 돌아오지 않고, 혼자 지내야만 했던 엄마는 많이 외로웠을 것이다. 주위에 남자들은 많았고, 여자 혼자 아이를 키우며 살아가기에는 쉽지 않은 세상이었다. 결국 남편 없는 외로움을 참지 못한 채 다른 남자를 좋아하게 되었고, 그 대가 또한 너무나 클 수밖에 없었다. 엄마에게 있어 이런 말하지 못할 아픈 시간의 존재는 불가항력이었는지도 모른다.

"나는 풍경을 응시했다. 이제 간판의 계집아이가 나든 아니든 상관없었다. 세잔의 생트빅투아르 산이 세잔을 보듯 나의 간판이 나를 보고 있었다. 허만하 시인은 한 산문에서 이렇게 말했다. 세잔이 그 풍경을 받아들일 눈을 가지는 데에는 그때까지의 유럽 미술사의 모든 시간 플러스 알파가 필요했다고. 그 알파란 세잔이 시대보다도 앞질러 달렸던 바로 그만큼의 시간이 아니겠냐고. 그렇다면 지금 내 앞에 서 있는 간판을 볼 수 있기까지 나에게도 나만의 알파의 시간이 흘러갔다는 생각이 든다. 한참을 돌고 돌아 그 간판 앞에 서기까지 그 알파의 시간이 좀 길었다는 것뿐이었다. 나는 내 앞에 펼쳐지는 풍경을 응시했다."

우리의 삶은 수많은 종류의 부분적 시간으로 인해 이루어질 수밖에 없다. 그 시간이 어떤 형태건 그 사람의 삶 자체이기에 그 시간을 인정할 수밖에 없다.

누군가의 삶을 이해할 수는 없어도 받아들일 수는 있지 않을까? 우리 모두에게는 그 나름대로의 알파의 시간은 있기 마련일 테니까.

38. 왜 나는 나일까?

오르한 파묵의 〈하얀 성〉은 나를 벗어나 다른 내가 되었을 때 그것에 만족하며 진정으로 행복할 수 있는지를 생각해 볼 수 있는 소설이다. 우리는 많은 경우 현재의 나의 삶이 바뀌기를 갈망한다. 현재의 나를 부정하는 것이다. 만약 지금의 내가 다른 나로 돼버린다면 그 세계에서 나의 삶은 얼마나 달라져 있을까? 그 세계에서 나의 삶에 만족할 수 있으며, 진정한 나로서 살아갈 수가 있는 것일까?

"지금에 와서는 선장이 그렇게 겁에 질려 버리면서부터 내 인생이 조금씩 달라져 왔다는 생각이 든다. 처음부터 결정된 인생은 없다는 것을, 모든 이야기는 실상 우연의 연속이라는 것을 대부분의 사람은 알고 있다. 하지만 그럼에도, 이 사실을 아는 사람조차, 인생의 어느 시점에서 과거를 보고, 우연히 경험했던 것들이 사실은 필연이었다는 결론을 내리게 된다. 내게도 그런 시절이 있었다. 이렇게 오래된 책상 머리에 앉아 책을 쓰려 하면서, 안개 속에서 유령처럼 모습을 드러낸 터키 함대들의 색깔을 그려 보는 지금 이 순간이 이야기를 시작하고 끝맺기에 가장 적당한 때라고 생각한다."

소설에서 주인공 호자는 우연히 알게 된 자기와 닮은 사람을 자신의 노예로 삼는다. 서양을 동경하던 호자는 이탈리아 출신인 자기 노예와 함께 오랜 시간을 보내면서 스스로 서양 출신이었던 노예처럼 되고 싶어 한다. 비록 자신의 노예였지만 서양을 동경하는 호자는 서양의 많은 지식을 알고 있던 자신의 노예가 부러웠다. 그렇게 호자는 다른 사람이 되고자 하는 마음을 노예에게 말을 하고 결국 서로를 바꾸어 호자는 이탈리아로 노예는 터키에서 각자의 인생을 바꾼 채 살아가기로 한다.

"어느 날 저녁 무렵 삐걱거리면서 집 안을 돌아다니던 발소리가 내 방으로 들어왔다. 마치 일상적이고 평범한 것이라는 듯 '왜 나는 나일까?'라고 말했을 때, 나는 용기를 북돋아 주기 위해 대답을 해 주었다. 나는 호자에게 왜 그가 그인지를 모른다고 말한 후, 그 문제는 그곳에서, 내가 살던 나라의 사람들이 굉장히 자주 묻고, 날이 갈수록 더 많이 묻는 것이라고 덧붙였다."

호자는 왜 나는 나인지에 대해 의문을 제기한다. 자신의 정체성을 알고자 노력했고, 자신이 바라는 것이 무엇인지 고민을 했다. 결국 그는 자기 자신보다는 자신이 되고자 하는 바를 쫓아 현재의 자신을 버리게 된다. 하지만 스스로를 버리고 자신이 동경하는 바를 쫓아 살아가게 된다고 해서 진정으로 행복을 누리면 살게 될 수 있는 것일까?

호자의 노예는 주인의 뜻에 따라 자신 또한 호자로 살아가야 했으나 자신의 인생의 길이 바뀌었을지라도 그것을 인정하고 실존에 적응하며 살아가는 방법을 터득하게 된다.

삶은 어떻게 주어지든 그것을 살아가는 사람에 의해 삶은 변할 수 있다. 내가 바뀐다고 해서 삶이 변하는 것은 아니다. 삶을 바꿀 수 있는 내가 더 중요할 뿐이다.

내가 누구이고, 내가 원하는 것이 무엇인지 알며, 어떤 상황이건 무엇을 해야 행복해질 수 있는지가 중요하지, 나 자신이나 조건이 바뀐다고 해서 반드시 행복하게 되지 않는다.

호자의 노예는 말한다. "어쩌면 몰락이란 우월한 사람을 보고 그들을 닮으려 하는 것을 의미하는지도 모른다."

우리에게 가장 소중한 것은 바로 나 자신일 뿐이다. 그 외는 내가 어떻게 하느냐에 따라 달려 있을 뿐이다.

39. 주인이 되고자 하기에 아픈 것인지 모른다

우리는 이 세상에서 많은 사람을 만나게 된다. 만남의 연속에는 인연이 있지만 그러한 인연이 어떻게 될지는 아무도 모른다. 신경숙의 〈그가 모르는 장소〉는 뒤틀리고 얽히는 우리 삶에 있어서의 인연에 대한 소설이다.

"처음에는 어린 너를 데리고 이 호수에 올 적에는 마음이 슬프고 서럽고 그런 때만였단다. 다 지난 얘기다만은 고만 죽고 자플 때면 너를 데리고 여기에 왔구나. 세상이 어디 만만한 게 한 대목이나 있더냐? 그냥 지나가는 일이 없는 게 인생사지마는 유독 나한테만 그래 보이더라. 한 가지도 그냥 지나가지 않았어야. 에누리가 없었어야. 그때마다 여기에 와서 마음을 달래보고 달래보고 그랬구나. 내 마음을 달래기에는 여기가 가장 알맞은 장소였어야. 너를 데리고 이 세상을 사는 일이 쉽지 않았더니라. 온통 마음을 달래며 보낸 평생이었지."

다른 여자에게서 태어난 남편의 자식을 인연이라 생각해

서 평생 돌보고 키웠던 주인공 어머니의 마음은 어떠했을까? 그것도 젊은 나이에 남편을 잃고 혼자 그 인연을 감당해 낸다는 것은 결코 쉬운 일이 아니었을 것이다.

"외할아버지 돌아가신지도 모르고 너그 아버지 만나 함께 살겠다고 찾아갔더니 어머니가 그러더라. 너만 곁에 있었어두 니 아베는 삼 년은 더 살았을 것이다. 싸운 것밖에는 없는데, 싸운 것밖에는. 아버지를 괴롭힌 것뿐이 없는데, 내가 그 마을을 떠나구선 곧 돌아가셨다고 하드라. 뭣을 그렇게 싸웠으끄나. 징허게도 싸웠니라. 징그랍게 싸웠어야. 나는 그때 세상하고 싸울 일을 그때 아버지하고 다 싸워버린 것 같어야. 그뒤론 뭣하고도 싸울 의욕을 상실해버린 것 같어야. 뭐라 말하것냐, 젊어서, 젊어서 그랬다. 그랬달밖에."

우리는 모르기 때문에 싸운다. 그 존재가 얼마나 소중한지를, 그 인연이 얼마나 소중한지를 모르기 때문에 싸운다. 나 자신에 대해 모르고, 상대에 대해 모르고, 인연에 대해 모르기 때문에 그렇게 힘들게 싸우는 것이다. 젊었기에, 삶이 무엇인지, 인생이 무엇인지 모르기 때문에 그 소중한 시간을 그 사람과 그렇게 아프게 싸운다.

"너를 거둬줘서 고맙다고 했냐, 네가 있어서 내가 살았는데? 나는 네가 없었으면 네 아버지하고 살도 안 했다아, 네 아버지가 살아 계실 적엔 네 아버질 사랑도 안 했다아. 네 아버지가 남아 있는 너와 나를 위해 실날 같은 아홉 달이나 간신히 붙들고 있는 것을 봄서야 그때야 사랑을 느꼈지야.

이미 늦은 마음이었어. 해도 내내 그 힘으로 산 것도 사실이네. 너를 키우면서 마음 아팠던 것은 네게 동생도 하나 못 만들어주는 내 처지였어야."

　다른 사람을 진심으로 사랑하지 못하는 것은 나 자신을 그 사람보다 더 생각하기 때문이다. 인연을 어긋나게 하는 것은 내가 모든 것의 주인이 되고자 함일 뿐이다. 어떤 존재에 대해서도 주인은 없다는 것을 모르기에 그 자리를 내가 차지하려고 하기에, 인연은 그렇게 얽히고 스쳐 가는지도 모른다. 내가 주인이 되고자 할 때 소중한 존재를 잃어버리게 되는지도 모른다.

40. 그만 기다리기로 합니다

우리는 많은 것들을 기다리며 살아가고 있다. 누군가 오기를 기다리고, 좋은 소식이 들리기를 기다리며, 내가 바라던 일이 이루어지길 기다린다. 하지만 그렇게 기다리는 것들이 우리에게 전부 오는 것은 아니다. 아무리 기다려도 오지 않는 것은 오지 않는다. 평생을 기다리며 사는 것은 어쩌면 불행한 인생이 될 수도 있다.

그 소식이 언젠가는 오리라 믿었다. 오래도록 그 소식만 기다리며 살았다. 다른 그 어떤 것도 바라지 않고 정말 마음 졸이며 기다렸던 것 같다.

하지만 아무리 기다려도 그 소식은 오지 않았다. 이제 남아 있는 시간이 얼마 남지 않았는데 오지 않을 소식에 두려움까지 느껴졌다. 그토록 기다리기만 했는데 그것이 나에게 오지 않는다면 나의 삶은 어떻게 되는 것일까?

아무리 기다려도 오지 않을 것이란 사실을 알게 되었다. 그 오랜 시간 기다리기만 했는데, 오지 않을 것을 기다린 것에 불과했던 것이다. 기다렸던 그 시간은 나에게 어떤 의미였던 것일까? 나는 왜 그것만을 바라고 기다리며 나의 그 소중한 시간을 허비했던 걸까? 오지 않을 것이란 사실을 알았더라면 기다리지나 않았을 것을. 그 기다림으로 가득 찬 그동안의 삶은 누가 보상해 주는 것일까?

오지 않을 것은 기다리지 말아야 합니다. 올 것인지 오지 않을 것인지 생각지도 말아야 한다. 올 것이라면 언젠가는 올 것이고, 오지 않을 것이면 아무리 기다려도 오지 않는다. 나의 삶을 살아가다 그것이 오면 만족하고 오지 않아도 실망할 필요가 없다. 우리의 삶은 무언가를 오래도록 기다리기에는 너무나 짧을 수밖에 없다.

그것이 오지 않는다고 하여 나의 인생이 크게 달라지는 것은 아니라는 사실을 깨달았다. 모든 것은 마음먹기에 달렸다는 것을 이제야 알게 되었다. 물론 그토록 기다리는 것이 오면 너무 기쁠 것은 당연하다. 하지만 그것을 기다리다가 다른 것을 잃어버릴 수도 있다. 오지 않을 수도 있다는 생각으로 마음을 내려놓는 것이 어쩌면 오늘을 살아가는 지혜가 아닐까 하는 생각이 든다.

이제는 기다리지 않기로 하였다. 그동안 기다린 것으로 충분하다는 내면의 목소리를 듣기로 하였다. 아무리 기다려도 오지 않을 것은 오지 않는다는 엄연한 현실을 이제 받아들이기로 했다. 기다리던 것이 나에게 오지 않는다고 해서 나의 삶이 어떻게 되지 않을 것이다. 지금 있는 것으로 충분하

다는 마음을 먹는다면 기다림의 아픔과도 작별할 수 있을
듯하다.

41. 세월은 사랑을 쌓고

숨을 쉰다는 것을 생명을 뜻한다. 태어나 지금 여기에 오기까지 나에게 생명처럼 중요했던 사람은 누구였을까? 그 사람은 나를 얼마나 변화시켰던 것일까? 생명처럼 소중한 사람도 언젠가는 떠나야 할 터인데 그때 나는 무엇을 할 수 있는 것일까? 신경숙 〈깊은 숨을 쉴 때마다〉는 오래도록 함께했던 소중한 사람에 대한 이야기이다.

"도시에는 가난하지만 얼굴이 흰 큰오빠가 있었다. 사랑하는 오빠. 태어난 마을에서는 영어책을 큰 소리 내어 읽는 오빠를 무서워했지만, 도시로 나온 그 해부터 지금까지 오빠를 사랑하지 않았던 적이 한 순간도 없다. 가난해서 데모도 못했던 청년, 나는 오빠의 가난에 보태진 혹, 그가 터무니없이 내게 화를 내도 나는 그를 사랑했다. 한번, 오빠가 내게 참을 수 없는 말을 했다. 너 보따리 싸가지고 집에 가버려라. 가슴이 퉁퉁 붓는 느낌. 오빠 그때 내게 너무 했나 봐. 그로부터 세월이 얼만데 그 생각을 하니 또 가슴이 붓네."

세월은 사랑을 쌓는다. 그 오랜 세월 동안 수많은 일을 함께 겪었기에 사랑은 깊어질 수밖에 없다. 좋았다가 미웠다가 화해했다가 다시 또 싸우는 그 과정은 지구상에서 가장 소중한 사랑으로 거듭나기 마련이다. 그 과정을 버티지 못한다면 그것으로 사랑은 끝난다. 혈육의 사랑이 깊을 수밖에 없는 이유다. 천륜은 운명이기에 끊어지지 않는다.

"문 여는 소리가 나자 그 외진 방에서 대문까지 뛰쳐나와 대번에 내 뺨을 치던 오빠. 어디… 갔었어, 라는 말이 끝나기도 전에 우린 와락 껴안고 눈물을 터뜨렸지. 오빠아- 참말이지, 70년대 식이다. 나는 오빠의 가난. 내가 대학을 꿈꾸지 않았으면 오빠가 좀 덜 가난했을지도. 어쨌든 오빠의 가난인 나는 아침이면 다락방에서 내려와 그의 도시락을 싸고 있다. 그의 가발을 꺼내 빗질하고 있다. 그가 밤늦게까지 돌아오지 않으면 전철역 계단에 쪼그리고 앉아 그를 기다리고 있다. 그는 그 시절의 내 우주. 나는 그를 기준 삼아 자전하고 공전했다. 그때 싹튼 사랑이 아직 살아서 팔딱인다. 그건 내 생애를 지배할 것이다."

사랑하기에 화가 나고 사랑하기에 미워지는 것일까? 아무런 감정이 없다면 그러한 것은 아예 생기지도 않을 것이다. 그러한 아픔과 상처를 극복하고 나서야 삶의 중심이 되는 인연이 되는 것인지도 모른다. 스쳐 지나가는 인연에게는 화가 나거나 마음을 아프게 하지는 않는다.

"이제 갑자기 나 혼자서 뭘 해야 될지를 나는 모르겠어요. 나는 그 애가 다시 올 수 없다는 걸 잘 알면서도 그게

믿기지가 않아서, 날마다 그 애를 기다렸죠. 금방 그 애가 나타날 것 같았어요. 잘 마른 수건을 볼 때면 그 애에게 주려고 여깄어, 말하곤 했죠. 그 앤 누구라도 한 번 손을 댄 수건은 절대 쓰지 않았거든요. 물건을 사도 두 개씩 사는 버릇이 들어서 그 애가 다 먹어버릴까 봐 얼른 내 앞으로 당겨놓고… 떠나보면 그 애와 한 번도 가본 적이 없는 곳에 가보면 혹시 혼자가 될 수 있지 않을까, 싶었는데 여기로도 그 애가 찾아올 것만 같고….”

　나의 가장 소중했던 인연이 떠나가 버린 시공간을 어떻게 버텨야 하는 것일까? 떠났다는 것이 믿어지지 않고 불현듯 나타날 것만 같은 마음 깊이 자리 잡은 그 사람을 어떻게 잊을 수 있을까?

　“당신이 떠나고 얼마 안 있어 나도 그곳을 떠나왔답니다. 그 애의 죽음을 내가 이 세상 바깥으로 나가는 다른 시작으로 받아들이고 살고 있는 것이 때로 슬프지만 어쨌든 살아가고 있어요. 어떤 일을 당하고도 살아진다는 사실이 신비롭기도 하고 사무치기도 해요. 더듬더듬 혼자서 다시 첼로를 켜는 일에 익숙해졌고, 쉽지는 않지만 친구도 사귀어가고 있습니다.”

　소중한 인연을 잃고서도 살아가야만 하는 것이 인생인 것일까? 비록 마음 아프지만 그래도 살아갈 수 있는 이유는 그 오랜 세월 함께했던 아름다운 시간과 추억이 마음 깊이 남아있기 때문일 것이다. 아마 그 사람은 나도 모르는 그곳

에서 그가 있었던 때처럼 살아가고 있는 나의 모습을 보고
있는지도 모른다.

42. 찬란한 날들을 위하여

인생은 유한하다. 우리는 영원히 살지 못한다. 또한 인생은 한 번뿐이다. 나는 지나온 시절을 어떻게 살아왔던 것일까? 앞으로 나에게 주어진 시간은 얼마나 될까? 나에게 남겨진 시간 동안 나는 무엇을 해야 하는 것일까?

가즈오 이시구로의 〈남아있는 나날〉은 삶의 여정이 얼마 남지 않은 어느 중년 남자의 이야기를 담은 책이다. 주인공은 영국 귀족 집안의 집사로 세계 대전 이후 귀족의 저택에서 일어나는 일들을 통해 전쟁 후의 유럽의 모습을 담담하게 담아내고 있다. 이시구로는 일본계 영국인 작가로 2017년 노벨 문학상을 받았다.

"사방에서 여름 소리가 들려오는 가운데 가벼운 미풍을 얼굴에 받으며 서 있으니 정말 기분이 좋았다. 내 앞에 놓인 여행길에 어울리는 기분을 처음으로 받아들인 것도 거기에서 그렇게 경치를 구경하고 있을 때였던 것 같다. 분명 오래전부터 나를 기다리고 있었을 여러 가지 흥미로운 경험들에 대한 건강한 기대감이 왈칵 치솟는 것을 처음으로 느꼈으니까 말이다.”

주인공 스티븐슨은 영국 귀족 집안의 집사로 평생을 어느 귀족 집안을 돌보는 데만 보냈다. 어느 날 우연히 그는 여행의 기회를 얻게 된다. 지나온 시절 동안 한 번도 여행 같은 여행을 해 본 적이 없었던 스티븐슨, 그의 눈에 보이는 풍경은 너무나 아름답고 귀해 보일 수밖에 없었다.

우리는 살아가면서 얼마나 많은 곳을 보며 자연을 접하고 세상이 아름답다는 것을 느끼며 살아가고 있는 것일까? 죽을 때까지 우리는 일만 하다가 세월을 다 보내고 있는 것은 아닐까? 삶의 여유를 우리는 얼마나 누리면서 살아가고 있는 것일까?

“마치 어떤 초자연적인 힘이 그분을 사로잡아 이십 년의 세월을 벗어던지게 만든 듯했다. 우선 최근까지 부친의 얼굴에 드리워졌던 초췌한 기색이 대부분 사라졌고, 얼마나 젊고 활기차게 여기저기 돌아다니며 일하시는지 사정을 모르는 사람이라면 달링턴 홀에는 손수레를 끌고 복도를 돌아다니는 사람이 한둘이 아닌가 보다 했을 것이다.”

주인공은 부친의 말년을 가까이에서 지켜본다. 삶은 유한하다. 언젠가 끝나는 날이 다가오기 마련이다. 우리는 젊은 시절을 보람되게 보냈던 것일까? 지금 주어진 시간을 의미 있게 사용하고 있는 것일까?

“따라서 진정으로 저명한 가문과의 연계야말로 위대함의 필요조건이라는 사실이 생각하면 생각할수록 명백해지는 것 같다. 자신이 봉사해 온 세월을 돌아보며 나는 위대한 신사에게 내 재능을 바쳤노라고, 그래서 그 신사를 통해 인류에 봉사했노라고 말할 수 있는 사람, 그런 사람만이 위대한 집사가 될 수 있다."

주인공 스티븐슨의 직업은 한 귀족 집안의 집사였다. 그는 자신에게 주어진 시간에 무엇을 해야 하는지 알고 있는 사람이었다. 그가 보낸 시간은 그래서 의미가 있었던 것이다.

그는 자신이 해야 할 의무에 열중하느라 그에게 다가온 사랑을 놓치고 만다. 사랑은 그렇게 어긋났고, 세월은 흘러, 나중에야 그것이 진실된 마음이었다는 것을 깨닫는다. 그는 지나온 많은 시간들을 오직 다른 위를 위해 사는 집사였기에 자신의 속마음을 솔직하게 표현하는 것을 몰랐다. 그렇게 사랑의 아픔은 그의 삶에 깊은 아픔을 남겼다. 그는 자신의 인생의 남아있는 시간 동안 다시는 그녀를 만나기조차 힘들게 되었다. 인연은 그렇게 스쳐 지나가 버렸다.

우리는 살아가면서 우리 삶에서 중요한 것이 다가온 것도, 지나가는 것도 모른 채 살아가고 있는지도 모른다. 남아있는 시간엔 그것을 돌이킬 수도 없으며 그와 같은 일을 바보처럼 반복하며 살게 될 수도 있다.

사람은 살아가다 보면 수많은 일들을 겪게 된다. 중요한 것은 우리에게 지금이라는 오늘과 앞으로 얼마나 주어질지 모르는 남아있는 날들이다.

지나온 시간에 어떤 일이 있었는지와는 상관없이 남아있

는 시간은 찬란하기를 희망해 본다.

43. 버림 받았지만

살아가다 보면 우리는 누군가로부터 버림을 받을 수 있다. 나이가 들어 자식한테 버림을 받을 수 있고, 사랑하는 사람한테 버림을 받을 수도 있고, 평생 믿고 의지할 수 있는 사람한테도 버림을 받을 수 있다. 한강의 〈여수의 사랑〉은 버림받아 깊은 상처를 안고 살아가는 삶의 아픔을 이야기하고 있다.

"두 살쯤 되었을 때 나는 강보에 싸인 채로 열차 안에서 발견됐대요. 보호자 없이 울고 있는 것을 서울역에서 발견한 역원들이 파출소까지 데려다주었대요. 자흔은 담담한 어조로 말을 이어갔다. 내 고향, 여수가 아닐지도 몰라요. 다만 그 기차가 여수발 서울행 통일호였다고 하니까 어릴 때부터 그곳이 내 고향일지도 모른다는 생각을 했던 거예요. 지나가는 얘기라도 여수, 라는 말을 들으면 가슴이 찡 하고 울리곤 했어요."

인생에서 버림을 받은 것만큼 아픈 상처가 있을까? 나를 버리는 사람은 나와 가까이 있었던 사람, 믿고 의지했던 사람, 깊은 인연으로 맺어진 사람이지 결코 나와 관계가 먼 사람은 아니다. 가까운 사람이었기에 그 버림이 회복 불가능할 정도로 아플 수밖에 없다.

"바로 거기가 내 고향이었던 거예요. 그때까지 나한테는 모든 것이 낯선 곳이었는데, 그 순간 갑자기 가깝고 먼 모든 산과 바다가 내 고향하고 살을 맞대고 있는 거예요. 난 너무 기뻐서 바닷물에 몸을 던지고 싶을 지경이었어요. 죽는 게 무섭지 않다는 걸 그때 난 처음 알았어요. 별게 아니었어요. 저 정다운 하늘, 바람, 땅, 물과 섞이면 그만이었어요."

그 사람이 나를 왜 버린 것일까? 이유야 어쨌든 버림받은 것은 사실이고 돌이킬 수는 없다. 나에게 닥친 그 불행의 시간을 다시 되돌릴 수도 없다. 하지만 살아가다 보면 그 버림받은 것도 별것 아닐 수 있다. 죽음과 삶이 경계가 없다는 것을 아는 이상, 그 버림받음이 생명보다 크지는 않다는 것을 깨닫게 되기 때문이다. 나를 버린 사람이 내가 가장 사랑했던 사람이거나 하늘이 맺어준 인연일지라도 나의 생명보다 중요하지는 않다.

"스물다섯 살의 나이로 세상을 등진 어린 어머니의 아련한 품속처럼, 수천수만의 물고기 비늘들이 떠올라 빛나는 것 같던 봄날의 여수 앞바다처럼 자혼의 가슴은 다사롭고 포근하였다. 그리고 새벽녘이 되어 내가 깊이 잠든 사이에 자혼은 떠났다. 밑창이 떨어진 단벌 구두를 꿰어 신고, 두 개의 볼썽사나운 여행 가방과 옷 보퉁이를 싸 들고 갔다. 내가 눈을 떴을 때는 사위가 훤하게 밝아 있었다. 아무렇게나 못에 걸리고 바닥에 널려 있던 자혼의 소지품들이 사라진 방은 낯설고 적막했다. 온 방과 세면장이 안개 같은 정적으로 부옇게 젖어 있었다."

나를 버린 것을 원망할 필요도 없다. 삶에는 내가 모르는 그 어떤 것이 가끔은 상상하는 것보다 더 큰 힘을 발휘하기 때문이다. 그것을 내가 어쩌지 못한다는 것이 인생이라는 사실이 슬프기는 하지만 차라리 그것을 받아들이는 것이 낫다.

버림받은 그 상처를 치유받지 못한다고 할지라도 상관이 없다. 그 상처를 나 스스로 그 상처를 치유하면 될 뿐이다. 버림받은 것은 중요한 것이 아니다. 그것을 이겨내고 나 자신이 살아있음을 느끼며 나만의 삶을 살아가는 것이 중요하다. 아파한다고 해서, 힘들다고 해서, 나를 버린 이를 미워하거나 용서하지 못한다고 해서, 버림받은 나의 삶이 바뀌지는 않는다.

따스한 햇살이 없으면 나 스스로 내 마음속에 햇살을 비추고, 마음속에 부는 찬 바람을 따스한 바람으로 바꾸면 될 뿐이다. 나의 아픔을 스스로 치유하는 것이 진정 나 자신을 사랑하는 것이 아닐까 싶다. 나의 삶보다 더 중요한 것은 이 세상에 하나도 없다.

44. 보잘것없는 남편을 진심으로 사랑했던 여자

"모두 친절하지만 강재씨가 가장 친절합니다. 잊어버리지 않도록 보고 있는 사이에 강재씨를 좋아하게 됐습니다. 당신의 아내로 죽는다는 것 괜찮습니까?"

파이란(장백지)이 강재(최민식)에게 죽기 전에 남긴 편지였다. 남들은 강재를 삼류 건달 깡패라고 무시하고 대우하지도 않고 관심조차 두지 않았지만, 파이란은 달랐다.

얼굴 볼 일 없는 위장 결혼한 남편 강재의 사진만을 바라보다 파이란은 그의 아내로 죽어도 좋을 것 같다는 생각을 한다. 그래도 그녀에게 남편이 있었다는 것, 이 세상에 그래도 강재라는 끈이라도 있었다는 것에 감사할 뿐이었다.

많은 것을 바라지도 않고, 기대하지도 않은 채, 몇 번 만나보지도 못한 강재를 그녀는 마음속에 둔 채 세상을 떠났다. 세상은 강재를 삼류하고 했지만, 파이란은 그를 사랑이라고 생각했다.

강재의 남루한 인생에서 유일하게 그를 친절하다고 이야

기해 준 사람, 어린 나이에 홀로 타향에서 외롭게 죽어가면서도 그래도 자신에게 남편이라는 존재가 있었다는 사실에 파이란은 위안을 받았던 것일까?

우리는 짧은 인생에서 인연으로 만난 상대에게 무엇을 바라고 있는 것일까? 무언가를 바란다는 것은 누구를 위함일까? 오로지 자신만을 위해 상대가 존재해야 한다고 생각하고 있는 것은 아닐까?

상대의 무엇이 마음에 들지 않기에, 상대가 얼마나 잘못을 했기에, 본인의 잘못은 진정 하나도 없기에, 그렇게 힘들게 만난 사람들을 보잘것없다고 무시하고 업신여기고 미워하고 있는 것일까?

파이란은 사랑이 무엇인지를 알았다. 그녀는 배운 것도 없고, 가진 것도 없고, 아는 사람도 없고, 강재가 그녀에게 해준 것이 하나도 없고, 함께 한 시간도 없었지만, 그저 자신의 옆에 존재했었다는 것 하나만으로도 그녀는 강재를 사랑이라고 생각했다.

45. 머무는 것, 떠나는 것

  이 세상에 우리 곁에 영원히 머무는 것은 없다. 머무는 것과 떠나는 것에 익숙해지는 것이, 어쩌면 삶을 온전히 받아들이는 것일지도 모른다. 나에게 무언가 다가왔다면, 그 무언가는 또 언젠가 떠나기 마련이다. 조용호의 〈신천옹〉은 삶의 여정에서 만나는 모든 것들이 머묾과 떠남으로 이루어져 있음을 이야기하고 있다.

  "환경을 쉬 바꾸지 못하는 천성 때문이기도 하지만, 두려움이 더 컸기 때문일 수도 있다. 오래된 인연이라고 반드시 좋은 것만은 아니다. 익숙해지다 지겨워질 때쯤이면 사람이건 사물이건 대상의 뱃속까지 훤히 꿰뚫는 마당이어서 그리 큰 감흥이 없을 때도 많다. 다만, 그것들마저 없다면 절해고도의 수인 신세로, 내가 더 답답할 줄 뻔히 알기 때문에 끈을 놓지 못하고 살아가는 편이다. 그렇게 사람이든 직장이든 쉬 떠나지도 못하고, 새 사람을 제대로 사귀지도 못하면서 인생의 가운데 토막을 지나왔다. 이제는 새장의 문을 열어놓아도 밖으로 날아갈 줄 모르는, 퇴화된 날개 근육을 지닌 가

166

여운 늙은 새일지도 모르겠다."

떠나고 싶어도 떠나지 못하는 경우도 있고, 머무르기를 바라도 머무르지 못하는 경우도 있다. 오고 가는 것은 인연일 뿐, 나의 의지와도 그리 상관이 없다. 하지만 세월은 확실히 우리를 바꾸어 놓는다. 그것을 이제는 받아들여야만 한다는 것을 알게 해 주기 때문이다. 떠남과 머묾에 더 이상 연연하지 않고, 집착하지 않기에 그 모든 것에서 이제는 자유롭다.

"그동안 많은 인간들이 내 곁에 머무르다 떠나갔다. 의욕적으로 일하던 후배들도 조금 쓸 만하고 정을 붙일 만하면 영악하게 밥그릇이 큰 곳을 찾아 떠나갔다. 한동안은 뒤에 남는 게 갑갑하여 무조건 사표를 내버리고 싶은 마음이 없었던 것도 아니다. 이제는 그마저도 익숙해져 심상한 풍경이 돼버린 듯하다. 그만큼 감성이 풍화됐고, 체념에 익숙해진 건지도 모르겠다. 그런데 이제는 엉뚱하게도 주변 풍경들이 자꾸 내 발밑을 판다. 작별 인사도 없이 하루아침에 사라져버린 밥집 때문에 적잖이 허전했다."

살아가다 보면 많은 사람을 만나게 되지만, 오래도록 그 인연이 이어지는 경우는 극히 드물다. 누군가는 만난 지 얼마 되지도 않아 떠나버리고, 누군가는 떠나지 않을 것 같은데도 훌쩍 떠나버리고 만다.

오래도록 함께하지 못할 것 같은데도 그 무언가에 붙들려 함께 하는 경우도 있다. 어쩌면 그것은 아마 인연을 넘어 숙명이기에 그럴지도 모른다. 하지만 이제는 그 모든 것에 익숙해져야만 함을 느낀다. 세월이 그다지 많이 남지 않았음을 알기에 그렇다.

"알바트로스라는 새가 있어요. 그쪽 얘기를 들으니 그 새가 연상되네요. 겉모습은 천사처럼 우아하지만, 육지와 멀리 떨어진 먼바다에서 모진 풍파를 이겨내며 수개월, 때로는 몇 년씩이나 살아간대요. 지구상에서 바람이 가장 심한 지역이야말로 이 새들이 살기에 적당한 장소지요. 긴 날개를 펴고 바람을 타기만 하면 먼바다의 허공이 자기네들 집이 되거든요."

삶은 떠나는 것과 머무는 것으로 이루어져 있지만, 그것에 더 이상 연연하지 않음으로 자유로울 수 있지 않을까 싶다. 오게 되었으니까 온 것이고, 가게 되었으니까 간 것일 뿐이다. 나의 의지와 노력으로 할 수 있는 것에는 한계가 있기 마련이고, 내가 원한다 하더라도 나의 뜻대로 되지 않는 경우도 너무나 많다.

날게 되었으면 최선으로 날아가면 되고, 어딘지는 모르나 땅에 내려앉았으면 그곳에서 머무르면 되지 않을까 싶다. 인연이 닿았기에 나에게 온 것이고, 인연이 다했기에 나로부터 떠나간 것일 뿐이다. 머무르는 것과 떠나는 것, 그것은 삶의 일부일 뿐 전부가 아니다.

46. 행복에 대한 소망

나는 오늘도 행복을 소망하고 있다. 내가 바라는 것은 그저 조그마한 행복이다. 물론 가슴 벅차게 밀려오는 커다란 행복도 좋겠지만, 그건 단지 욕심일 뿐이다.

그렇다고 해서 행복을 삶의 유일한 목표로 두고 있지는 않다. 만약 그렇게 한다면 그것을 이루기 위해 힘들게 노력해야 하기 때문이다. 노력이라는 것에는 희생이 따른다. 나는 이제 어떤 것을 희생해야 할 인생의 단계에 있지는 않다.

이제는 그저 소소한 것에 만족하는 것으로 족하다. 거창한 것을 바라지 않는다. 누군가를 기대하지도 않는다. 그 누구를 통해 행복을 얻으려 하지도 않을 것이다. 어떠한 일을 이루어 만족함을 느낄 마음도 없다. 오늘 하는 일 그 자체가 있다는 것이 행운이라는 생각이다.

별것 아닌 것에서도 행복을 느끼고 싶다. 보잘것없는 것에서도 만족함을 느끼고 싶다. 매일 하는 일상에서도 행복을 느끼고 싶다. 똑같이 반복되는 것에서 행복을 느끼고 싶다.

그것이 내가 바라는 행복에 대한 소망이다.

　나에게 불행한 일이 다가와도 상관없다. 나를 힘들게 하거나 괴롭게 하는 일이 덮쳐와도 상관없다. 커다란 아픔이나 슬픔이 다가와도 상관없다. 그러한 가운데에서도 중심을 잡고 흔들리지 않는 마음을 가지면 어느새 다시 행복을 느끼는 순간이 올 것이기 때문이다.

　누군가가 싫고, 누군가가 미워지더라도 그것으로 인해 나의 행복을 잃고 싶지도 않다. 그냥 그를 용서하고 잊는 것으로 나의 행복에 대한 소망의 끈을 놓지 않으려 한다. 어떠한 관계에게 나의 조그마한 행복을 빼앗길 수는 없다. 나에게는 행복을 느낄 시간마저 충분하지 않기 때문이다.

　나는 행복에 대한 소망이 있기에 나에게 주어진 오늘 하루가 감사할 뿐이다.

〈행복의 얼굴〉

이해인

사는 게 힘들다고
말한다고 해서
행복하지 않은 것은 아닙니다

내가 지금 행복하다고
말한다고 해서
나에게 고통이 없다는 뜻은 아닙니다

마음의 문 활짝 열면
행복은 천 개의 얼굴로
아니
무한대로 오는 것을
날마다 새롭게 경험합니다

어디에 숨어있다
고운 날개 달고
살짝 나타날지 모르는
나의 행복

행복과 숨바꼭질하는
설렘의 기쁨으로 사는 것이
오늘도 행복합니다

47. 세월은 반복되지 않는다

　평생을 치열하게 살아가지만, 세월이 흘러 집에 남아 있는 사람은 없다. 부모도 자식도 가족들 하나씩 그렇게 모두들 떠나가 버리고 결국 홀로 되고 마는 것이 인생인 것일까? 김인숙의 〈빈집〉은 27년을 가족을 위해 살아온 중년의 삶을 돌아보게 해주는 이야기이다.

　"분명한 것은 지나간 세월이 다시는 반복되지 않으리라는 사실이었다. 넉넉지 못했던 삶을 등에 지고 가파른 언덕을 오르듯 땀을 흘렸던 기억이나 주저앉아 울음을 터뜨렸던 기억들뿐만 아니라 입안에서 흑설탕이 녹는 것처럼 달콤하고 목마르던 기억 역시 마찬가지일 것이다. 아이들이 자라나는 것을 보며 느꼈던 매 순간의 전율 같던 행복, 내 집을 장만한 첫날 거실 바닥을 닦다가 젖은 자국이 자신의 눈물이라는 것을 알았을 때의 거의 고통에 가까웠던 기쁨, 어렸던 아이들을 이고 지고 피서를 떠났던 계곡에서 물난리를 만났을 때 느꼈던 공포와 함께 내질렀던 비명, 그리고 절대로 놓을 수 없었던 손과 손의 기억. 그 모든 것들은 이제 지나간 세월들 속에 있으며 다시 다가오지 않으리라. 삶은 계속되겠지만 그것은 더는 전율도 공포도 아니리라. 서운하고 허전한 것은 아니었다. 그런 느낌이 전혀 없는 것은 아니지만 그보다는 편안한 느낌이라는 쪽이 더 옳았다."

우리는 왜 그렇게 열심히 살아왔던 것일까? 무엇을 위해 그토록 치열하게 살았던 것일까? 오는 사람은 오고 가는 사람은 가는 것이 인생인 걸까? 물론 오랜 세월 행복하고 의미 있는 많은 순간들이 있었지만, 그러한 순간은 그때뿐인 것일까? 그만큼 좋은 시간들이 있었기에 더 이상의 기쁘고 좋은 순간이 그리 많이 남아 있지 않은 것일까?

"개는 교통사고로 죽었다. 남편이 사람들에게 의기양양하게 농담을 하고 있는 동안 목줄에서 풀려난 개가 차도로 뛰어들었던 모양이다. 남편이 죽은 개를 품에 안은 채 돌아왔다. 개도 남편의 몸도 피투성이였다. 그녀는 비명을 질렀고, 잠깐 공황 상태에 빠져 이게 슬퍼해야 할 일인지 놀라워해야 할 일인지 분간을 하지 못하고 있다가, 역시 아무것도 분간하지 못하는 상태에서, 그걸 집 안으로 끌고 들어오면 어쩌느냐고 악을 쓰기 시작했다. 남편은 한동안 꼼짝도 않고 현관에 서 있다가 마치 내던지듯이 죽은 개를 바닥에 내려놓았다. 그걸 거기다가 내려놓으면 어쩌느냐고 그녀가 다시 악을 썼지만, 남편은 그녀의 말을 무시했다. 그가 신발을 신은 채로 안으로 들어와 쓰레기봉투를 찾았다. 남편이 죽은 개를 쓰레기봉투 속에 밀어 넣기 시작했다. 개는 한 번에 들

어가지 않았다. 봉투 바깥으로 삐져나온 다리를 남편이 봉투
속으로 쑤셔 박았다. 그러는 동안 남편의 몸은 피범벅이 되
었고, 현관 바닥에도 피가 뚝뚝 떨어졌다."

　자신의 입장에서만 상대를 바라보기에 그를 받아들이지
못하는 것인지 모른다. 나의 존재를 그 사람의 마음에서 찾
을 수 없기에 그렇게 떠나가는 것인지도 모른다. 함께 함이
그토록 어려움은 각자의 자아가 크기 때문이 아닐까? 나를
희생함이 결코 쉽지 않기 때문에 그런 것일까? 그렇게 쉽지
않았음이 결국 빈집을 만들고 있는지도 모른다.

　"비밀이 사랑을 키웠다. 그가 세상의 한구석에서 세상 전
체를 키우고 있다는 사실을 아는 사람은 아무도 없다. 특히
나 아내는 모르는 것이다. 그는 세상 한가운데에 있었고, 또
무덤 한가운데에 있었다. 죽은 자의 목소리가 가끔 들렸다.
그것은 평생을 혼자 살다가 가난하게 늙어 죽은 고모부의
목소리였다.
뭐, 이만하면 잘 죽은 거 아니냐. 그 와중에도 열쇠들은 분
주히 서로의 몸을 부대껴가며 교미를 하고 번식을 하고 있
었다. 세계가 세계를 무한 확장했다. 그가 영천 집에 머물
때마다 보름달이 환했다. 세상에서 가장 풍성한 고독을 가진
한 남자의 밤을 밝히기 위해서였다."

　자신이 살아있음을 느낄 수 있는 곳이 그가 존재하는 장
소일 뿐이다. 집이란 어쩌면 허상의 공간일 뿐 마음도 떠나
면 다른 공간에 자신의 마음을 숨겨놓을 수밖에 없을 것이

다. 각자 그러한 공간이 존재하기에 집은 그렇게 텅텅 비어 가는 것이 아닐까? 세월은 반복되지 않기에 아름다운 시간을 만들고자 노력해야 하는 것이 아닐까?

자신만의 세계를 고집하기에 그 세계에 존재할 수 있는 사람은 오직 자신밖에 없다. 반복되지 않는 세월 속에서 우리는 무엇으로부터 위안을 삼아야만 하는 것일까? 그러한 위안을 기대하지 않는 것이 오히려 더 현명한 것일까? 빈집은 영원히 채워지지 못한 채 결국 나중에 허물어질지도 모를 일이다.

48. 타인의 삶

진정한 주인으로서의 삶이란 무엇일까? 나는 나 자신의 삶을 내가 주인이 되어 온전히 살아가고 있는 것일까? 나에게 주어진 그 소중한 시간을 진정 나 자신을 위해 얼마나 사용하고 있는 것일까? 무엇을 위해 우리는 하루종일 그토록 바쁘게 살아가고 있는 것일까? 정미경의 〈타인의 삶〉은 자신이 선택하여 살아가는 삶이 진정한 자신의 의지와 선택으로서 이루어지고 있는지에 대해 돌아보게 해주는 이야기이다.

"이름표에 적힌 그 남자의 이름이 뭐였더라. 그런 생각들. 그날, 사실 나도 꼭 바깥으로 나가고 싶었던 건 아니야. 그저 낮과는 다른 시간을 보내고 싶었어. 네가 전화를 하는 동안 그 다큐를 보고 있는데, 그 화면 속의 삶이, 오늘 하루 내가 살아온 시간, 내일 똑같이 살아내야 할 시간이면처럼 보였어. 미친 듯, 무서운 속도로 달려야만 하는 이 삶의 이면 말이야. 저 풍경 속으로 한번 걸어가 보고 싶다, 참 단순하게 그런 마음이 들었지."

일상에서 일어나고 있는 수많은 일들은 나와 어느 정도 관계되어 있는 것일까? 혹시 나와는 그리 상관없는 사람과 일을 위해 그 소중한 시간들을 사용하고 있는 것은 아닐까? 지나가고 나면 다시는 돌아오지 않을 순간들을 아무런 의미 없이 보내고 있는 것은 아닐까?

"어떤 것도 묻고 싶지 않다. 이 자리에 이르게 된 것이 모르핀 앰플 때문인지, 수술 끝에 숨을 거둔 쉰세 살 남자 때문인지, 꽃구경을 끝내 가지 않겠다던 게으른 연인 때문인지, 그날 나를 그토록 미치게 만들었던 N교수 때문인지, 어둑한 화면을 흘러 다니던 인파들 때문인지, 미정의 전화 때문인지, 어둑한 화면을 가득 채우던 만월 때문인지, 차창에 들러붙던 꽃잎 한 장 때문인지 현규인들 알 수 있을까. 그만가. 나는 현규의 등에 손바닥을 올려놓았다. 손바닥이 무얼 말하는지는 그가 읽어낼 일이다."

수많은 일상의 순간들이 우리의 인생을 결정하고 있는 것이 현실이다. 그러한 많은 순간들 중 나에게 정말 중요한 것들은 어떤 것일까? 나는 그런 많은 순간과 사람들 틈에서 나의 생각과 의지와는 상관없이 나의 삶을 살아가고 있는 것은 아닐까?

"돌이킬 수 없을 때의 후회는 후회가 아니다. 다만 기억의 우물 속으로 끊임없이 자신을 내동댕이치는 것이다. 무심하고 어리석었던 시간들은 아주 잘게 쪼개져 연속사진처럼 선명하게 재생된다. 그러고는 여기쯤이냐고, 아니면 어디서부터였냐고, 다만 길이 나누어지기 시작한 그 지점을 손가락해보라고, 다그치고 또 다그치는 것이다."

내가 선택을 하건, 선택을 당하건, 나의 의지와 상관없이 어떤 일을 하건, 나의 계획과 의지대로 어떤 일을 하건, 그건 모두 나의 책임일 수밖에 없다.

가장 비겁한 사람은 나에게 일어나는 일들에 대한 다른 사람이나 다른 요인을 탓하는 사람이다. 주인의 마음으로 나의 삶을 살아가지 못하기에 나에게 일어나는 것들을 다른 곳에서 원인을 찾고 있을 뿐이다. 어떠한 일이 나에게 일어나건 그건 전적으로 나의 삶 속의 일이기에 나의 책임일 뿐이다.

모든 것이 나와 관계되어 있다는 주인 정신으로 살아가야 하는 것이 진정한 삶의 주인공으로의 모습이라는 생각이 든다. 나에게 주어진 모든 것에 있어 주인의 마음이라면 그 모든 순간들이 참될 수밖에 없을 것이다.

49. 오는 바도 없고 가는 바도 없다

물은 자유롭다. 어느 그릇에 담기든 상관하지 않는다. 조그만 그릇에 담기면 담기는 대로 커다란 그릇에 담기면 담기는 대로 그릇의 크기에 상관하지 않는다. 물은 그릇의 형태에도 상관하지 않는다. 동그란 그릇에 담기면 동그란 모습으로, 직사각형 모양의 그릇에 담기면 직사각형 모습으로 그렇게 존재한다.

나와 모든 것이 같은 사람은 존재하지 않는다. 성격이 다르고, 취향이 다르며, 인생의 목표가 다르고, 좋아하는 것이 다르고, 원하는 것이 다르고, 하고자 하는 것이 다르고, 능력이 다르고, 그 모든 것이 다르다.

나는 주위의 모든 사람과의 관계에서 물처럼 자유롭게 살아가고 있을까? 나와 생각이 다르다고, 내가 원하는 대로 그 사람이 따라주지 않는다고, 그를 마음속으로 배제하고 있는 것은 아닐까?

내가 생각하는 것에 집착하고, 내가 원하고 바라는 것에 집착하는 이상 나는 물처럼 진정한 자유를 얻기는 힘들 것이다. 그것을 이루지 못해서 마음이 아프고, 내가 원하는 대로, 생각하는 대로, 기대하는 대로 되지 않아 속상하기만 할 것이다.

내가 원하는 대로 되지 않을 수 있고, 내가 바라는 대로 되지 않을 수가 있다. 그것이 어쩌면 당연한 것인지도 모른다. 내 주위에 있는 사람은 당연히 나와 다를 수밖에 없기에, 그 사람이 어떤 행위와 말을 하는 것에 집착하는 이상 나는 결코 그 사람으로부터 자유를 얻을 수가 없다.

"저 사람은 도대체 왜 그럴까?" 라는 생각 자체가 나 스스로 내면의 자유를 방해하고 있는 것인지도 모른다. 상대도 나를 보고 "저 사람은 도대체 왜 저럴까?" 라는 생각을 하고 있는지도 모른다.

"오는 바도 없고, 가는 바도 없다" 라는 말은 진정으로 나 자신의 내면의 자유를 얻을 수 있게 해주는 것이 아닐까 싶다. 오고 가는 것은 중요하지 않다. 내 입장에서는 오는 것이고 상대의 입장에서는 가는 것일 뿐이다.

50. 예감은 틀리지 않는다

    은퇴 후 작은 카메라 가게를 운영하는 토니(짐 브로드벤트), 이혼은 했지만, 전처와 가끔씩 만나고, 딸과 그리 사이는 좋지 않지만 언제든 도와주려고 노력한다.

    어느 날 대학 때 사귀었던 베로니카(샬롯 램플링)의 엄마인 사라(에밀리 모티머)에게서 편지가 오는데, 그녀는 토니에게 약간의 돈과 유품을 남긴다.

    유품을 받기 위해 변호사에게 도움을 청하게 되는데, 그 유품을 베로니카가 가지고 있고, 그것은 당시 친구였던 에이드리언의 일기장임을 알게 된다.

    오랜만에 베로니카를 만나게 된 토니는 그녀를 만나 반가웠지만, 베로니카는 그를 차갑게 대하고 에이드리언의 일기장은 자신이 불살라 버렸다고 이야기한다. 그리고 베로니카는 토니에게 한 통의 편지를 주고 자리를 떠난다. 토니는 그 편지를 읽고 자신의 옛날 일들에 대한 기억이 완전히 왜곡되어 있었음을 뒤늦게 깨닫고 충격을 받게 된다.

    자신이 베로니카와 헤어진 후 에이드리언으로부터 베로니

카와 사귀게 되었다는 편지를 받고 토니는 상관없다는 엽서를 보낸 것으로 기억하고 있었지만, 그것은 엽서가 아닌 긴 편지로 에이드리언과 베로니카에 대해 입에도 담지 못할 정도의 증오와 저주의 내용이었다.

그 편지의 저주가 실현된 것이었을까? 어느 날 베로니카의 뒤를 미행하던 중, 베로니카가 한 장애인 청년과 만나는 것을 목격하게 된다. 토니는 그 장애인 청년을 홀로 뒤따라가 알아보니, 그 청년은 에이드리언의 아들임을 알게 된다.

에이드리언은 베로니카의 아들이었을까? 왠지 자신에게 유난히 친절하게 잘해주었던 베로니카의 엄마가 생각이 나는데, 그 예감은 틀리지 않았다. 그 청년은 베로니카의 엄마와 에이드리언의 아들이었던 것이다. 그리고 토니의 친구인 에이드리언은 이미 세상을 떠나고 없었다. 베로니카는 자신이 사귀었던 에이드리언과 엄마의 아들, 즉 자신의 친동생을 돌보아 주고 있었던 것이다.

토니 역시 베로니카와 사귈 때 그녀의 엄마에 대해 어떤 사저인 감정이 있었고, 그러한 감정은 에이드리언에게도 같이 작용했는지, 아니면 자신 편지의 저주대로 베로니카와 에이드리언에게 평생 잊히지 않을 상처가 되는 사건이 되었는지도 모른다.

에이드리언의 일기장은 이러한 과거의 사실들로 가득차 있었고 에이드리언을 사랑했던 베로니카는 그 상처의 아픔을 감당하기 어려워 에이드리언이 죽은 후 그 일기장을 불질러 버렸던 것이다.

자신의 저주가 실현된 것이 아닐지라도 자신의 편지로 인해 베로니카와 에이드리언이 너무나 커다란 마음의 상처가 되었고, 그 상처로 인해 그들의 인생은 너무 얽혀버려 그 이후 그들이 걸어가야 했던 인생의 길이 결코 순탄하게 되지 않았음을 토니는 알게 된다.

토니는 자신의 기억이 오로지 자기에게 유리한 대로 덧칠되어 있었다는 것을 인식하고, 당시 비록 순간적인 감정으로 인한 사소한 실수였을지는 모르지만, 자신의 그러한 행동이 얼마나 엄청난 일로 비화되었는지를 깨닫고 그동안 살아왔던 그의 인생의 길이 크게 잘못되었다는 것을 깨닫게 된다.

자신이 베로니카와 에이드리언에게 했던 것처럼, 또 다른 사람인 전처와 딸에게도 비슷한 상처를 주었을지도 모른다고 생각하게 된 토니는 스스로 자기의 삶의 태도를 바꾸어 나가려고 노력한다. 비록 자신에게 남겨진 시간이 얼마 되지 않더라도, 과거에 그가 한 잘못된 일들과 실수를 돌이킬 수는 없겠지만, 이제부터라도 더 이상 다른 이들에게 아픔을 주어서는 안 되겠다는 생각을 한다.

토니는 이혼한 전처에게 진심 어린 사과를 건네고, 딸에게도 아빠로서 최선의 모습으로 도움을 주려는 진심을 보인다. 비록 많은 것들이 지나갔지만, 현재의 시간이라도 소중히 보내기 위해 토니는 그의 일상을 조금씩 다르게 살아가려고 노력한다. 사무적으로 대했던 집배원 청년에게 따뜻한 커피도 대접하고, 주위의 사람들에게 귀를 기울이고 마음이 있는 대화도 하기 시작한다. 그리고 토니는 베로니카에서 진심 어린 사과의 편지를 쓴다.

"이게 과거에 대한 향수인지 괴로움인지 생각해 봤어. 아무래도 향수인 것 같아. 난 마가렛과 살던 시절과 수지가 태어났던 날을 떠올리고 학교 친구들과 살면서 처음 춤을 추어봤던 여자와 등나무 아래 서서 몰래 건네던 인사와 에이드리언이 말하던 역사의 정의와 내 삶에 일어났던 모든 일을 떠올려봤어. 내가 의도한 일이 얼마나 적었는지도. 나는 승자도 패자도 아니야. 상처를 기피하며 그것을 생존능력이라 부르는 사람이지. 우리의 인생이 어쩌다 엉켜버렸는지 생각하고 있어. 좋았던 시절도 있었는데 이제 와 돌아보면 그 순간 짧게나마 수많은 감정이 밀려와 당신이 어찌 사는지 몰랐던 건 미안해. 이 미련한 늙은이에게 가르쳐줄 것이지.... 어쩌면 진작 가르쳐 주었어도모르지."

우리는 살아가면서 모든 것을 자신에게 유리하게 해석하고 자신의 관점에서 많은 것을 왜곡히며 살아가고 있는지도 모른다. 어떤 사실을 객관적으로 바라보지 못하고, 있는 그대로 해석하거나 깨닫지 못한 채, 자신의 관점에서만, 자신이 생각하는 대로만, 본인이 알고 있는 것이 전부인 것처럼 믿으며 그렇게 우리의 삶을 살아내고 있는 것인지도 모른다. 그러한 나의 태도가 삶을 왜곡시키고 다른 사람과의 관계가 진실되지 못한 채 엉켜 버려 돌이킬 수 없는 경로로 그렇게 삶이 흘러가게 되는지도 모른다.

우리가 할 수 있는 것들은 삶의 여정에서 그리 많지 않다. 나 자신도 내 마음대로 하지 못하는데, 다른 사람과의 관계나 그로 인한 삶의 과정은 우리 마음대로 되기 힘든 것이 사실이다. 중요한 것은 많은 것을 객관적으로 바라볼 수 있는 능력과 나 자신의 주관만으로 이루어진 세상에서 벗어나는 것이 아닐까 싶다.

나는 나에 대해 얼마나 알고 있는 것일까? 나는 나 자신을 위해 기억을 왜곡하고 덧칠하며, 현실에 주어진 일들을 오로지 나 자신만을 위해 만들어가려고 노력하고 있는 것은 아닐까? 다른 사람이야 어떻게 되건 말건, 나의 생각대로 느낌대로 감정대로, 내가 세상의 주인인 것처럼 그렇게 살아가고 있는 것은 아닐까? 내 주위의 있는 사람에게 미안하다는 생각을 하지 않는다는 것은 나 스스로 객관적으로 생각하지 못하기에 생기는 것이 아닐까?

51. 최선이 전부가 아니다

    무언가를 이루기 위해 내가 할 수 있는 최선을 다하지만, 그 최선이 나를 힘들게 하기도 한다. 치열하게 하루를 살아내고, 그러한 하루가 일주일로, 일주일이 한 달로, 그렇게 이어지다 보면 나 자신을 잃어버린 채, 내가 나의 삶이 주인이 아닌, 나의 일이 나의 삶의 주인으로 바뀔 수도 있다. 무엇을 위하여 나는 최선을 다하고 있는 것일까? 내 삶의 주인을 내가 아닌 다른 것에게 양보하기 위해 최선을 다하는 것일까?

    어떠한 목표를 위해 많은 것을 희생하지만, 정작 그 과정을 잃어버린 채 오직 목표를 성취하는 것에 빠져 더 소중한 것을 잃어버릴 수도 있다. 뿐만 아니라 가장 소중한 나 자신을 돌아보지 못한 채 나 자신마저 잃어버릴 수도 있다.

    내가 지향하고 설정했던 목표를 다 이루고 났더니, 정작 허무하고 허탈하여 그동안의 시간과 희생이 후회될 수도 있다. 하지만 모든 것은 이미 끝나 버렸고, 아름다울 수 있었을 시간은 다시 돌아오지 않는다.

〈오랫동안 바다에서〉

M. 클레어

아주 오래전 집을 떠나왔고
이제는 나의 얼굴을 알아볼 수 없네
나는 생명의 보트를 만들어
드넓은 바다로 떠났지
나는 손을 흔들었네
바다는 내가 감당할 수 있는 것과
감당할 수 없는 것 모두를 줄 거라는 걸
아는 모든 이에게
그들은 손을 흔들었고
나는 드넓은 바다로 향했네
내 생명의 보트에 몸을 싣고
영혼과 가슴으로 보트를 만들었지
그리고 아무것도 모르는 채
드넓은 바다로 그 배를 밀어 넣었지
그렇게 집을 떠나왔네
오랜 세월이 흐른 지금
나는 내 얼굴을 알아보지 못하네

하지만 나는 안다네
집
집은 나를 기억한다는 걸

우리가 이루려는 목표가 전부가 된다면 그 목표는 그리 의미 있는 것이 아닐지도 모른다. 왜냐하면 그 목표가 과정에서 우리가 느낄 수 있는 많은 다른 소중한 것들을 잃어버리게 했기 때문이다.

오래도록 집을 떠난 후 나 자신을 알아보지 못한 순간에야 나 자신을 잃어버렸음을 깨닫는다면 삶은 너무 허무할 수밖에 없을 것이다. 드넓은 바다를 항해하는 동안 가끔씩이라도 집을 생각했으면 어땠을까? 최선을 다하는 과정에서 내가 무엇을 위해 그 자리에 서 있었던 것인지 돌아보았다면 어땠을까?

내가 건널 수 있는 바다였을까? 어디까지 항해를 할 수 있을 것이라 생각했던 것일까? 언제 다시 나의 집으로 돌아갈지 떠나오기 전부터 마음에 두었던 것일까? 아니면 무작정 멀리 갈 생각만 했던 것일까? 이제 항해를 끝내고 집으로 돌아가야 할 때가 된 것은 아닐까? 더 소중한 것을 잃기 전에, 가장 소중한 나 자신을 잃기 전에, 이제는 항해의 목표를 수정해야 하는 것은 아닐까?

최선이 전부가 아닐 수도 있다. 최선을 다한다고 해서 우리의 소중한 인생이 완성되는 것도 아니다. 목표를 이루었다고 해서 삶이 완진해지는 것도 아니다. 내가 어디까지 최선을 해야 하는지 아는 것이 최선을 다해 목표를 이루는 것보다 더 중요한 것일지도 모른다.

52. 혼자도 두렵지 않다

　해질녘 대부분의 사람들은 집으로 돌아간다. 자신을 기다리는 사람이 있는 곳, 함께 식사를 할 수 있는 곳, 그나마 따스함이 기다리고 있는 곳으로 발길을 향한다. 하지만 그렇지 못한 사람들도 있다. 자신을 기다리는 사람이 없고 사랑하는 사람이 떠난 자리라면 돌아가는 그 길은 다른 길이다. 한강의 〈해질녘 개들은 어떤 기분일까〉는 자신을 버리고 떠난 엄마, 그리고 홀로 된 아빠를 보는 한 아이의 서글픈 이야기이다.

　"곧 황혼이 내릴 것이다. 왜 하루 중 이맘때가 되면 혼자란 생각이 들곤 하는 걸까 하고 아이는 생각한다. 바다에 나가보고 싶다고, 그러나 그 길이 싫다고, 그 개들이 무섭다고 생각한다. 과일 가게 앞에 매어져 있던 작은 개를 생각하자 아이의 마음은 복잡해진다. 그 복잡한 마음 밑바닥에서 똬리를 틀고 있는 감각은 필경 무서움이다. 그 무서움이 왜 자꾸만 부끄러움을 불러일으키는지, 자신의 몸뚱이를 친친 동여매는 것같이 느껴지는지 아이는 모른다. 조금씩 서쪽 하늘이

붉어지지 시작한다."

엄마는 왜 가족을 버리고 떠난 것일까? 그래도 한때는 사랑으로, 따스함으로 모든 것을 같이 했던 가족이었는데 엄마는 무슨 이유로 어린 딸을 버리고 집을 떠난 것일까? 엄마가 없는 집, 아빠는 엄마가 돌아오기만을 기다리기에, 해질녁이 되는 시간이면 딸아이는 그 시간이 점점 두려울 수밖에 없다. 해가 지면 다른 이들은 집으로 돌아오건만 엄마는 오지 않는다는 것을 알기에 동네의 개들마저 무섭기만 하다.

해질녁이 되면 개들은 어떤 기분일까? 개들도 엄마가 없기는 마찬가지인데 저리도 씩씩하게 짖어대며 살아가건만 왜 자신은 그 개들의 짖는 소리마저 무서운 것일까?

"다음날 아이가 잠에서 깨었을 때 엄마는 없었다. 아이는 울지 않았다. 엄마가 떠났다는 것에 대한 실감이 없었고, 그렇다고 아주 떠난 게 아니라 곧 돌아올 것이라고도 희망하지 않았다. 언젠가부터 아이는 모든 일을 받아들이는 데 익숙해져 있었다. 그저 생겨난 일대로 숨소리를 크게 내지 않고 견디는 데 익숙해져 있었다."

엄마가 떠날 것이라는 사실을 언젠가부터 알고 있었던 것인지도 모른다. 영원히 함께 삶을 같이 하지 못할 것이라는 것을 깨닫고 있었는지도 모른다. 그러기에 비록 아프고 힘들지만 모든 것을 감당할 수 있을 힘이 언젠가부터 생겼을 것이다.

"바닷바람이 아이의 옷 속으로 파고든다. 오그라드는 가슴을 펴려 애쓰며 아이는 계속해서 걸어간다. 무허가 주택들의 들쭉날쭉한 담벼락들이 흐린 시야 속에서 겹쳐진다. 해질녘의 개들이 어떤 기분일지 아이는 궁금하지 않다. 너무 아팠기 때문에, 오래 외로웠기 때문에, 아이에게는 이 순간 두려운 것이 없다. 까끌까끌한 바람이 아이의 빨갛게 젖은 얼굴을 훑어 내린다. 꽃핀 아래 흩어진 머리털이 석양에 물들며 헝클어진다.”

삶의 깊은 수렁에서 너무 아파보았기에, 너무 외롭고 힘들었기에 이제는 삶에서 마주치게 되는 그 모든 것에 대해 두려움이 사라지게 되는 것인지도 모른다. 더 이상 해질녘 개들 어떤 기분인지 관심도 없다. 크게 짖어대는 개들의 소리도 하찮게 들릴 뿐이다.

삶은 어차피 혼자서 걸어가야만 하는 길일지 모른다. 가끔 누군가 함께 할 수 있음으로 좋을지 모르나 어쨌든 인생이란 혼자라는 사실을 마음속에 품고 있어야만 더 힘들지 않고 더 아프지 않을 수 있다.

그렇기에 이제는 더 이상 혼자 걸어가는 삶이 길이 두렵지 않다. 사랑하는 사람이 나를 버렸어도 누군가와 함께 그 길을 가지 못할지라도 이제는 더 이상 두려워하지 않고 꿋꿋이 걸어가는 것이 운명이라고 여기기 때문이다.

53. 어떠한 선택을 하든지

  우리는 살아가면서 수많은 선택을 하게 된다. 그러한 선택을 할 때마다 많은 고민과 고뇌를 하게 되기도 한다. 어떠한 선택을 하는 것이 최선일까? 나의 선택은 옳은 것일까? 그러한 선택이 나의 삶을 어떻게 바꾸어 갈까?

  "결혼해 보라, 그대는 후회할 것이다. 독신으로 있어 보라, 그대는 역시 후회할 것이다. 결혼을 하든 안 하든, 그대는 후회할 것이다. 세상의 어리석음을 비웃어 보라, 그대는 후회할 것이다. 세상을 기만해 보라, 그대는 후회할 것이다. 여자를 믿어 보라, 그대는 후회할 것이다. 여자를 믿지 마라, 그대는 역시 후회할 것이다. 연애해 보라, 그대는 후회할 것이다. 연애하지 말아 보라, 그대는 후회할 것이다. 이것이 모든 세상일의 내용이다. (이것이냐 저것이냐, 키에르케고르)"

  우리의 인생은 우리로 하여금 선택을 하지 않을 수 없게 만든다. 그로 인해 나름대로 최선을 다해 선택을 하지만, 그 어떤 선택에도 후회는 따르기 마련이다. 더 커다란 문제는 우리가 선택한 것이 선택하기 전에 예상한 대로 우리의 삶이 살아지지 않는다는 것이다.

　우리는 선택을 할 때 어떠한 나만의 욕심을 가지고 선택하는 경우가 대부분이다. 내가 이러한 선택을 하면 그 결과가 훨씬 좋을 것이라는 기대를 하기에 그러한 선택을 하게 된다. 그로 인해 그 선택한 것에 대한 기대를 할 수밖에 없다. 하지만 그러한 기대가 절대적으로 만족되기는 쉽지 않다. 삶에는 나도 모르는 변수가 너무나 많기 때문이며, 내가 할 수 있는 것은 한계가 있기 때문이다.

　후회를 하지 않기 위해서는 욕심을 버려야 한다. 너무 많은 기대를 하지 말아야 한다. 게다가 나의 선택에 따라 어떠한 결과가 나오더라도 그것에 너무 집착하지 말아야 한다. 내가 최선을 다해 선택을 했으니 그 결과도 만족스럽게 되어야만 한다는 욕심에서 벗어나야 한다. 삶이 어쩔 수 없는 선택의 연속이라면 우리는 선택을 하지 않을 수 없는 운명이 주어진 것이다. 하지만 그 선택에 따른 결과에 좌우되지 않는다면 우리는 그 선택으로부터 자유로울 수 있다. 내가 한 선택이 어떻게 되더라도 그것에 그러려니 하고 받아들여야 한다. 이래도 좋고 저래도 좋으니 그저 오늘을 담담하게 살아가면 된다. 후회라는 단어를 나 스스로 없애버리는 것이다. 나는 선택을 할 수밖에 없지만 후회는 하지 않을 수 있게 된다. 최소한 죽음을 찬미하는 그러한 상황이 우리에게는 일어나지 않아야 하지 않을까 싶다.

"광막한 광야에 달리는 인생아
너의 가는 곳 그 어데이냐
쓸쓸한 세상 험악한 고해에
너는 무엇을 찾으려 하느냐
눈물로 된 이 세상에 나 죽으면 그만일까
행복 찾는 인생들아 너 찾는 것 설움
웃는 저 꽃과 우는 저 새들이
그 운명이 모두 다 같구나
삶에 열중한 가련한 인생아
너는 칼 위에 춤추는 자로다
눈물로 된 이 세상에 나 죽으면 그만일까
행복 찾는 인생들아 너 찾는 것 설움
잘 살고 못 되고 찰나의 것이니
흉흉한 암초는 가까워 오도다
이래도 한 세상 저래도 한 세상
돈도 명예도 내 님도 다 싫다 (사의 찬미)"

54. 폭풍우가 불지만

영화 〈폭풍의 언덕〉은 영국 에밀리 브론테의 동명 소설을 영화화한 작품이다. 언니인 샬롯 브론테는 〈제인 에어〉로도 유명하다.

영화에서 언쇼씨 가족이 살고 있는 집은 언덕 위였다. 그 언덕엔 유난히 바람이 많이 불었다. 영국의 전형적인 날씨처럼 그 언덕엔 비도 자주 내렸다. 비가 내리는 날에 여지없이 폭풍이 불어닥쳤다.

거센 폭풍이 불던 어느 날 밤, 언쇼는 고아 소년인 히스클리프를 집으로 데려온다. 오갈 데 없이 혼자 거리를 배회하는 것이 불쌍해 그를 돌봐주기로 결정한다. 언쇼의 아들 힌들리는 아버지가 히스클리프에 대해 애정을 갖는 것에 대해 불만을 품으며 히스클리프를 미워한다. 딸 캐시는 운명처럼 히스클리프와 가까워지며 사랑에 빠진다.

어느 날 갑자기 언쇼가 세상을 떠나자, 힌들리는 아버지를 대신해 집안의 전권을 가지게 되고, 자신이 싫어했던 히스클리프를 학대하며 동생이 아닌 하인처럼 부려 먹는다. 힌들리의 무시와 경멸, 잦은 폭행에도 불구하고 히스클리프가 그 집을 떠나지 않는 이유는 캐시였다. 히스클리프 역시 캐시를 마음 깊은 곳에 품고 있었다.

시간이 지나 캐시가 나이가 들자, 캐시는 대저택의 아들인 에드가와 결혼하게 된다. 캐시는 자신의 진정한 사랑은 히스클리프임을 알면서도, 현실을 택한 것이었다. 이에 커다란 마음의 상처를 받은 히스클리프는 캐시를 떠난다. 히스클리프는 자신의 신분과 처지로 인해 사랑했던 캐시를 잃었다는 생각으로 몇 년 후 돈을 벌어 부자가 되어 돌아온다.

돌아온 히스클리프를 본 캐시는 충격에 빠지고, 사랑이 없는 자신의 결혼생활에 회의를 느끼게 된다.

히스클리프는 자신을 학대한 힌들리의 복수를 위해 일부러 힌들리 집에 머물고, 노름에 빠져 있던 힌들리는 결국 아버지로부터 물려받은 언덕 위의 집을 히스클리프에게 넘겨준다. 히스클리프는 캐시와의 아름다운 추억이 담긴 그 언덕을 소유할 수 있게 된다.

히스클리프는 자신을 사랑하면서도 돈과 명예를 위해 에드가를 선택한 캐시를 미워했지만, 마음 깊은 곳에 자리 잡은 캐시에 대한 사랑은 변함이 없었다. 한편 에드가의 여동생 이사벨라는 히스클리프를 본 후 그를 좋아하게 된다. 이사벨라와 히스클리프가 가까워지는 것을 알게 된 캐시는 또 다른 충격으로 병을 얻게 되고, 결국 세상을 떠나고 만다.

캐시의 죽음을 받아들일 수 없었던 히스클리프는 이미 땅에 묻혀 있는 캐시의 무덤을 파내 관을 꺼내려고 한다. 못질한 관이 열리지 않자, 히스클리프는 폭풍우 속에서 하늘을 보며 울부짖는데, 캐시의 영혼이 히스클리프에게 작별을 고하며 사라지는 것을 보게 된다.

히스클리프와 캐시의 사랑은 이루어질 수 없었지만 거부할 수 없는 운명적인 사랑이었다. 그 사랑이 어긋나면서 그들의 인생은 폭풍우 가득한 삶이 되어버렸다. 다른 사람을 만나도 온전히 사랑할 수 없었고, 매일의 삶이 행복할 수 없었다. 오직 서로를 그리워하며 시간만 흐를 뿐이었다.

하지만 어긋난 사랑이 다시 온전히 될 수도 없었다. 그러한 노력이 그들의 삶을 더욱 힘들고 아프게 할 뿐이었다. 결국 캐시는 세상을 떠났고, 히스클리프는 캐시가 없는 세상에서 그녀를 그리워하며 살아갈 수밖에 없었다.

어쩌면 우리의 인생은 영원히 바람이 끊이지 않는 폭풍의 언덕일지 모른다. 하지만 그 언덕에서 히스클리프와 캐시는 함께 사랑을 키울 수 있었다.

55. 삶은 속이지 않는다

알렉산드르 푸쉬킨은 러시아 시인이지만 머리는 곱슬이었고 피부는 검은색이었다. 그의 외증조부는 아프리카 에티오피아 출신의 노예였다. 군인으로서 실력을 인정받아 속량 되어 러시아에 정착했다. 러시아에서 태어나 자랐음에도 불구하고 푸쉬킨은 자신의 몸에 흑인의 피가 흐르고 있음을 자랑스럽게 생각했다. 그는 유모를 통해 러시아 민중의 삶을 배울 수 있었다.

젊은 시절 그는 러시아 농노 제도와 전제정치를 비판하는 바람에 1820년 남러시아로 추방된다. 추방 생활 중에서도 그 지역의 정치 세력과 충돌하며 미하일로프스코라는 시골에서 칩거 생활을 한다. 많은 아픔과 여러 가지 경험 속에서 그는 인생을 바라보는 안목을 얻으며 그의 시는 새로운 경지를 개척하게 된다.

푸쉬킨은 그보다 13살 어린 나탈리야 곤차로바와 결혼하는데 그를 시기하는 귀족들이 나탈리야가 불륜을 하고 있다는 소문을 퍼뜨림으로써 그 상대로 지목된 조르주 단테스와 결투를 벌이다가 총에 맞아 비운의 죽임을 당한다. 그때 그의 나이 35살이었다.

비록 너무 젊은 나이에 죽었지만, 그는 "러시아의 위대한 국민 시인"으로 불린다. 그의 시는 삶의 깊이가 담겨 있어 읽는 모든 이로 하여금 공감을 불러일으킨다. 그가 칩거 생활을 하던 중 쓴 시중의 하나가 바로 "삶이 그대를 속일지라도"이다.

〈삶이 그대를 속일지라도〉

삶이 그대를 속일지라도
슬퍼하거나 노여워 말라
슬픈 날에 참고 견디라
즐거운 날이 오고야 말리니

마음은 미래를 바라느니
현재는 한없이 우울한 것
모든 것 하염없이 사라지나
지나가 버린 것 그리움 되리니

삶이 그대를 속일지라도

노하거나 서러워하지 말라
절망의 나날 참고 견디면
기쁨의 날 반드시 찾아오리라

마음은 미래에 살고
현재는 언제나 슬픈 법
모든 것은 한순간 사라지지만
가버린 것은 마음에 소중하리라

삶이 그대를 속일지라도
슬퍼하거나 노여워 말라
우울한 날들을 견디며 믿으라.
기쁨의 날이 오리니

마음은 미래에 사는 것
현재는 슬픈 것
모든 것은 순간적인 것, 지나가는 것이니
그리고 지나가는 것은 훗날 소중하게 되리니

삶이 그대를 속일지라도
슬퍼하거나 노여워 말라
설움의 날을 참고 견디면
기쁨의 날이 오고야 말리니

마음은 미래에 살고
현재는 언제나 슬픈 것
모든 것은 순식간에 지나가고
지나간 것은 또다시 그리움이 되리라

　어쩌면 평범하게 사는 것이 가장 힘든 것이지도 모른다. 살아가면서 어떠한 어려움도 없이 살아갈 수만 있다면 얼마나 좋을까? 하지만 우리는 살면서 전혀 예상하지 않았던 일, 준비하지 못했던 일, 원하지 않았던 일들이 계속해서 우리를 뒤흔든다.

　우리의 선택이 우리의 삶을 결정하지만 우리는 무엇을 알고서 선택하지는 못한다. 최선이라 생각하고 선택을 하며 나름대로 열심히 살아가지만, 그 길이 내가 원했던 방향으로 가지 않는 경우도 너무나 많다. 그럴 때마다 우리는 삶을 원망하며, 다른 사람을 싫어하고, 인생에 회의를 느끼기도 한다. 자신의 선택을 후회하며, 자신이 그동안 살아왔던 것에 속상해하기도 한다.

　최선을 다해 열심히 노력하며 살아온 것 같은데 거기에 대한 대가는 너무 미미하니, 삶이 우리를 속인 것은 아닌지 회의가 드는 것이다. 지나온 세월을 슬퍼하고 후회한다 해도 다시 돌이킬 수는 없다. 삶에는 연습이 없기 때문이다. 우리가 살아가면서 실수하지 않는 사람은 아무도 없다.

우리가 슬퍼하거나 노여워하지 않을 이유를 시인은 확실히 이야기해 주고 있다. 삶은 일방적이 아니라는 것이다. 좋은 일로만 가득 찬 인생도 없고, 어려움만 존재하는 인생도 없다. 어려움이 없었다면 기쁨을 모르고 인생을 끝낼 수도 있다. 어려움이 반갑지는 않지만 어려움이 없이 살아가는 사람이 하나도 없다고 할진대, 그것을 어떻게 피할 것인가?

누구나 겪는 어려움을 이겨 내다보면 거기에 비례하는 기쁨이 우리에게 주어지는 것은 아닐까? 나도 지난 세월을 돌아볼 때 가장 기뻤던 순간이 기억이 난다. 아이러니하게도 그 순간은 내가 가장 힘든 일이 다 끝났을 때였다. 그 힘든 과정을 버티지 못할 것 같았고, 그냥 포기하고 싶은 마음이 너무 많이 들었지만, 능력도 없는 주제에 그냥 세월아 네월아 하면서 하루하루 버티었던 기억이 난다. 끝나지 않을 것 같았던 그 시간은 생각보다 너무 길었다. 하지만 그 시간이 끝나고 나니 실제로 눈물이 날 정도로 기쁜 순간이 찾아왔다. 기쁨의 눈물은 이 세상 그 어느 것보다 나의 가슴을 적시는 것 같았다.

삶은 우리를 속이지 않는다. 그러기에 우리는 기쁨의 눈물을 흘릴 수 있는 것이 아닐까?

어떤 일이 일어난다 해도 괜찮아

정태성 수필집

초판 발행 2024년 6월 25일
지은이 정태성
펴낸이 도서출판 코스모스
펴낸곳 도서출판 코스모스
주소 충북 청주시 서원구 신율로 13
전화 043-231-7027
팩스 050-4374-5501

ISBN 979-11-93778-32-6

값 12,000원